JN227684

華は貴族に手折られる

「よけいな世話だっ、この成り上がりの若造が！」

応接室から父、伯爵《はくしゃく》の怒鳴り声が響いてくる。

二階の居室にいた葵《あおい》は眉を顰《ひそ》め、膝の上に開いていた『カラマーゾフの兄弟』に栞《しおり》を挟んで閉じた。

気持ちのよい秋の風を室内に入れようと、バルコニーの窓を開けていた。そのため階下の物音がここまで届くのだ。長椅子を立った葵は、窓辺まで歩くと、風をはらんでふわりと浮くレースの窓掛けを左右に分け、両開きのフランス窓を引いてぴたりと閉め合わせた。

風が庭先の木々の梢《こずえ》を鳴らす音や小鳥のさえずりなどと一緒に、不快な話し声も遮断され、室内が静かになる。

微かな溜息が出た。

ここのところ、父のもとを訪ねてくる客には、あまり感心しない人が多い。庭先で見かけたり、玄関を出入りするところにたまたま出くわしたりするだけで、葵はまったく素姓などは知らないのだが、なんだか胡散《うさん》臭そうな雰囲気の人ばかりだ。

いつからこんなふうになったのだろう。少なくとも、祖父が生きていた頃は、きちんとした身分の紳士や淑女以外が、客としてこの家の敷居を跨《また》ぐことはなかったはずだ。父も、二階まで聞こえるような激昂《げっこう》した声を上げることなどなかった。

今日の客は、最近よく来る手塚某《てづかなにがし》という男ではない。たまたまバルコニーに出ていたときに、門の方から玄関に向かって歩いてくる姿を庭木の合間に垣間見《かいま》ただけだが、もっと若くて、身形にも品のある男だった。きっちりと整えられた黒髪に木漏れ日が当たり、艶やかに光っていたことが、妙に印象に残っている。姿勢良く背筋を伸ばして堂々と大股に歩くので、すぐに葵の視界から消えたのが残念な気さえした。

しかし、こうして父に罵倒されているところをみると、歓迎される客ではないようだ。いったいどんな用事で来ているのだろう。

葵の胸に、漠然とした不安が湧いてくる。

高塔《たかとう》伯爵家は由緒ある華族だが、内情が決して楽でないことは、誰に教えられなくても肌で感じていた。

いわゆる資産運用や事業を興《おこ》して切り盛りするような才覚が、父にも兄にもさほどないらしい。末子である葵自身はいつも蚊帳《かや》の外に置かれているので詳しいことは知らないが、ここ一年半ほど高塔家に出入りしている手塚の勧めるまま、土地を買ったり、有望だという事業家や芸術家の卵たちに先行投資したりしているが、確たる成果も上がっていないようだ。プライドの高い父は、金の回収を焦るような態度は取るべきではない、などと鷹揚《おうよう》に構えて剛胆さをみせたがっているが、実際のところ、いい加減そんな悠長なことは言っていられない状況になってきている気がする。

父も兄も、手塚を信用しすぎている。

手塚はいかにも見え透いた美辞麗句《びじれいく》を湯水のように並べ立て、卑屈なまでに腰の低い態度を取る。そのくせいざとなったらひどく押しが強くて、父が頷くまで帰らない。だから葵も、彼が晩餐《ばんさん》のテーブルに家族同様にして座り、厚かましくも夜遅くまで居座っていたときに、二度ほど顔を合わせたことがある。

嫌な男だ。

油断も隙もなさそうな感じがする。

葵には、なぜ父たちがあれほど慇懃《いんぎん》無礼で態度も言葉も薄っぺらな男を信用するのか理解できない。

手塚の小狡《こずる》そうな細い目はいつもまったく笑っておらず、ときどきヘビのように狡猾《こうかつ》な色を湛《たた》えるではないか。下手《したて》に出てうまく持ち上げられ、虚栄心を擽《くすぐ》られたら、たちまち「きみは実によくわかった男だ。そうだな、やはりきみの言うとおりにしよう」などと機嫌をよくする父など、いいように手玉に取られているだけではなかろうか。きっと、手塚にとっては赤子の手を捻《ひね》るよりも簡単に言いくるめられる相手なのだろう。

あの男はあまり信用されない方がよろしいですよ。葵は何度か父や兄にさりげなく忠告したことがある。

しかしそのたびに、おまえは心配しなくても大丈夫、と子供扱いされてあしらわれた。

来年には二十歳になろうかというういっぱしの大人なのに、父や兄にはいつまでたっても線の細い神経質な末息子、頼りない弟、としか見てもらえない。家督を継ぐのは兄であり、次男の葵の出る幕はないということだろう。もちろん葵はそれに不満があるわけではなく、純粋に伯爵家の将来を憂えているだけだ。

生まれ育った家が早晩無くなりでもしたら。

父には「ばかな」と笑い飛ばされそうだが、葵は半ば本気で心配している。

先日、長年高塔に仕えていた管財人の小木津《おぎつ》氏が辞した。父に意見して口論になったとかで、「貴様の顔など見たくない」とクビを切られてしまったのだ。小木津氏は黙って頭を下げて暇乞《いとまご》いしたらしい。

葵は驚き呆れてしまった。

小木津よりも手塚の弁を信じるとはどういう料簡《りょうけん》なのか。

苦い諫言《かんげん》は煩《わずら》わしいばかりで聞きたくない。確かに誰だって甘くチヤホヤされる方が気分はいいだろう。父は手塚の手のひらで踊らされているとしか思えない。

このままでは今に伯爵家は全財産を失ってめちゃくちゃになる。

そうなる前に、なんとか父に目を覚ましてもらいたい。

けれど、頑固でプライドの高い父は、一度思い込んだらなかなか間違いを認めないし、誰の意見も耳に入れない人だ。

今日の客がどういう目的で訪ねてきたにせよ、父の怒りを買ったのは確かなようだ。

葵は無意識のうちに握り締めていたレースの窓掛けから指を離すと、先程まで座っていた長椅子の傍まで戻る。

しかし、もう読書の続きをする気分ではなかった。

そのまま部屋を横切り、廊下に出る。

高塔家は二階建ての洋風建築である。西洋文化隆盛の時勢に乗って、いち早く欧州の生活様式を取り込んだ。洋装に身を包んでテーブルとイスで食事をとり、西洋将棋《チェス》やカード遊戯に興じる毎日。さらに両親や兄夫婦は、頻繁に催される夜会に毎晩のごとく出かけていく。葵もたまには夜会に出るが、積極的にはなれなくて、三度のうち二度までは断っている。出れば必ず女性を紹介されるので煩わしいのだ。自分のこともまだよく摑めていない気がしているのに、妻や子供のことなどとても考える余裕はない。「おまえは自覚がないのだ。次男だからといって、いつまでも本ばかり読んでのんびりしていてはいけない」などと父には叱られるのだが、もう少しこのままでいたいと思うのは、葵のわがままなのだろうか。

コの字型の階段を下りていくと、応接室の会話はかなり明瞭に聞き取れるようになる。二ヶ月前に、執事と小間使いひとりが小木津同様やはり辞めてしまった。どちらも永年勤めてくれていた優秀な人たちだったのだが、父も兄も引き止めきれなかったようだ。代わりに雇った小間使いの女性は、あまり仕事熱心な人とは言い難く、無愛想で立ち居振る舞いもどこか粗雑だ。とにかくいつもドアをきちんと閉めない。葵は見かねて何度か注意したのだが、そのたびに「はい」となおざりに返事をするばかりで、一向に改まらない。兄から彼女に言ってもらおうとしても、「まぁ安い給金で働いてもらっているのだから」などと理由にもならないことを呟くだけだ。本気で仕方がないと諦めているらしい。不思議だった。伯爵家ともなれば、雇う使用人の質を気にするのではないだろうか。昔は決して誰でもいいという雇い方はしていなかったはずだ。よほどお金に余裕がないのかと疑わざるを得ない。そういえば、なぜ二人が辞めたのかも、はぐらかされて教えてもらえなかった。

躾《しつけ》の行き届かない小間使いのおかげで、葵は父と訪問者との会話を踊り場に立ったまま逐一知ることができた。

「あなたも頑固な方ですね、伯爵。わたしはなにも悪気があってこんなことを言っているわけではないのですよ」

相手の男の声は非常に落ち着き払っている。深みがあって耳に心地よいバリトンだ。父に怒鳴りつけられたというのに怯《ひる》んだようすも窺えない。

「うるさいと言っているのだ！　由緒ある伯爵家の応接に、貴様のような縁もゆかりもない名前だけの男爵が座っていることこそ汚らわしい。門前払いしてもよかったところを、話だけでも聞いてやったんだ、ありがたいと思え」

「では伯爵は、わたしよりもあの小狡い詐欺師《さぎし》を信用なさるというわけだ」

男爵、と父に呼ばれた男は、にわかに冷たい声音になる。

詐欺師というのは手塚のことだろうか。

葵にはそれしか思いつかず、全身を緊張させた。

わざわざ歓迎されてもいないのに伯爵家にやってきて、頭の固い父を相手に忠告めいたことをしているこの男の思惑も、頭から信じる気にはなれないが、それ以上に葵は手塚を疎《うと》ましく感じていた。手塚が本当に詐欺師なら、葵としても黙ってはいられない。

「これは笑止！　貴様の方こそどこに信用するに足る身分があるというのだ。速見《はやみ》男爵家？　そんな家は聞いたこともない。恥知らずな没落貴族から金で買った爵位など、本当の爵位ではないわ」

「恥知らずな没落貴族、ですか」

ふん、と速見はわざと大仰に鼻を鳴らす。

「今に伯爵もその言葉を他人の口から唾棄《だき》するがごとく受ける羽目になるのでしょうね。未来が少しも読めないというのは、いっそお気楽な自衛手段なのかもしれません。知らなければプライドは傷つかないというわけだ。あなた方世襲のお華族さま方がなにより大事にする、たいして中身もなさそうなプライドとやらがね」

「失敬なっ！」

帰れ、出ていけ、と父が猛烈な勢いでがなり立てる。

「誰かおらんか！　客人がお帰りだぞ！」

しかし、三人いる使用人はどこに隠れているのか、すぐには誰も出てこない。階下は応接間を除くとしんとしていた。兄嫁と買い物に出かけた伯爵夫人はもとより、兄もどこかに出かけているらしい。

「わかりましたよ、伯爵。それほどおっしゃられるなら、わたしはもう帰ります」

「ああ、帰れ。今すぐ帰れ。不愉快だ」

「いずれどちらが正しかったかはわかるでしょう。それもさして遠い未来の話ではない。手塚がいかに汚い詐欺師であり、あの男とグルになっている沼田《ぬまた》というのがどれほど情け容赦のない高利貸しかということは、再三忠告した。これでわたしも良心の痛みからは解放されるというもの。知っていたのに知らぬ振りをして犠牲者が増えるのを黙って見ているのは、なかなか後味の悪いものですからね」

「うだうだと性懲《しょうこ》りもなく戯《ざ》れ言《ごと》を！」

「わたしも本当に人のよい男だ」

速見の口調はいっそう皮肉めいたものになる。

「こうまで悪し様に罵られて、一文の得にもならない忠告をしにわざわざ出向いたのだから」

「貴様の本性はわかっているぞ。手塚の悪事を暴く振りをして自分を売り込み、この家の財産を狙うのが真の目的だ」

「そう思いたければ思っていただいて結構」

ガタン、と家具を動かす音がする。

速見がいよいよ立ち上がったらしい。

「そもそもわたしは、あなた方のような無能な世襲華族が大嫌いだ。良い家に生まれたというだけで、自分の価値そのものまで高級だと勘違いしている。努力などというものを何一つせず、恵まれた環境に安穏と居座って当然だと考えている傲慢さに反吐《へど》が出るんだ」

「なんだとっ！　無礼者め！」

ガシャーン、と激しい音をたてて、何かがドアにぶつかって割れる。弾みで薄く開いていたドアの隙間が広がり、すぐ手前まで歩み寄ってきていた男の肩と横顔の一部が、踊り場で息を潜めていた葵にも見えた。

廊下にまで飛んだ水と、男の足下に飛び散る陶器の欠片や切り花から、癇癪《かんしゃく》を起こした父の投げた物が花瓶だとわかる。

男が腕を上げて頬の辺りを押さえた。どうやら怪我をしたらしい。

しかし、彼はあくまでも落ち着き払っている。

「物を大事にする癖はつけられた方がいい」

両開きドアの片方がキイッと蝶番《ちょうつがい》の軋む音をたてて内側から押し開けられる。

「当主であるあなたがこのざまだから、使用人たちもいい加減な怠け者ばかりになるのだ。前に金具に油を注《さ》して磨いたのがいつか、聞いてみられるがいい。執事にも愛想を尽かされた家など、そもそも先行きは暗いに決まっている」

「口の減らない若造め。おいっ、誰もいないのかっ?」

長い脚が廊下に一歩踏み出される。

そのときようやく、階段下にある使用人の控え室からバタバタと小間使いが走り出てきた。

「何をしていた！　客人をさっさと玄関までお連れしろ」

「はい、かしこまりました」

まだ十四歳くらいの見習い小間使いは、ドアの傍まで来ていた父に険悪な表情で睨みつけられて、首を竦《すく》めて萎縮する。

「こちらでございます、旦那《だんな》さま」

「ああ、ありがとう」

速見が小間使いに優しく答えた。そして、踵《きびす》を返す前に、前触れもなく視線を上げて階段の方を見た。

まともに目が合う。

葵はなんの心づもりもしていなかったので、突然速見と視線を交じらせて、ドキリとする。

速見自身は人の気配を感じたから振り仰いだとみえて、それほど意外そうにはしていなかったのだが、葵の顔を見てから僅《わず》かだけ目を瞠《みは》った。

ずっとここで話を聞いていたと察したのだろうか。

速見は鋭い視線をじっと葵に当てたまま、しばらく身動《みじろ》ぎもしない。

どこの馬の骨とも知れぬ成り上がり者、というふうに父は罵倒していたが、速見は洋装を難なく着こなしたいかにも青年紳士然とした男で、全身に風格すら漂わせていた。

確かに育ちがよさそうな者にありがちな、おっとりとした典雅な雰囲気はないが、自分の腕一本で身代を築いているのだという自負がそのまま堂々たる立ち居振る舞いに出ていて、周囲を圧倒する迫力がある。酷薄そうな唇や、冷徹に相手を観察しているような目は、いかにも一筋縄ではいかなさそうな印象を与えるが、葵は嫌な感じには受け止めなかった。自分を見つめる目には野卑な光などいっさいない。そこが手塚とは大きく違っている。

おまけに――おまけに、速見は男として相当魅力的な容貌をしていた。野性味溢れる荒削りな顔立ちなのだが、全体として非常にバランスがいい。長身で肩幅が大きく手足が長いことも、思わず劣等感を感じるほどだ。

自分の周りには見かけないタイプだ、と葵は思った。

自らの力で爵位を買い取るような男は、恐ろしく野心家で自分に自信を持っているのだろう。それがそっくり表に出ている気がする。

この男とずっと向き合っているのは、なんだかこわい。心の奥底まで見透かされてしまいそうだ。

たぶん、二人が見つめ合っていたのはほんの僅かな間でしかなかったはずだが、葵にとっては十分とも二十分とも感じられた。

「葵。そのようなところで何をしている」

速見の後ろに立っていた父に不機嫌な声で問われ、葵はハッとした。

「……ご子息ですか」

ぽつりと速見が呟く。父に問いかけたというよりも、単に言葉が出たというふうだ。

葵は速見が何かもっと自分のことを言うのではと思い、軽く緊張してしまったのだが、それっきり唇を閉ざした。

「おい、早く玄関までご案内しないか！」

父が癇癪を起こす。

「は、はい」

小間使いは飛び上がらんばかりになって、速見の先に立って歩きだす。

速見は歩き出す前にもう一度、葵をちらりと一瞥《いちべつ》した。

心なしか口元が微かに緩んだようだ。しかし、単に葵の勘違いかもしれない。

「父上」

葵は速見が去った後、階段を下りて父の背中を追いかけた。

「なんだ」

書斎に行こうとしていたらしい父は、煩わしそうに葵を振り返る。

「あの男はなんなのですか」

「気にする必要はない。くだらんエセ華族だ。うちの土地を狙って甘い汁を啜《すす》ろうとしているハイエナのようなものだが、所詮《しょせん》何も出来はしないのだ」

「でも、手塚さんに騙されていると言っていました」

「葵」

父が太い眉を吊り上げて葵をジロリと睨みつける。

「不調法だぞ。誰が階段の上から立ち聞きするようなはしたない真似を教えた？」

「僕はただ、心配なんです」

葵はこの際怯んでなどいられない心境だった。

「父上も兄上も、僕には何一つ教えてくださいませんが、本当にうちは大丈夫なのでしょうか。手塚金吾《きんご》という人は、父上の出資している先は堅実で間違いのない会社ばかりだと言っているようですけれど、きちんと調査された方がいいのではありませんか。彼の言葉だけではどうにも心許ない気がするのです」

ましてや大層な金額を、土地や家屋敷を担保に入れてまで都合しているのだ。

しかし、父にはどうしても葵の不安は通じないようだ。

「おまえは外にも出ないで一日中書物を読んでばかりいるから、そのようにつまらない考えを巡らせるようになるのだ」

父は葵の頬に手を伸ばして太い指で軽く突くと、にこりともしないで言う。

「よけいなことを心配するより、結婚相手の心配でもするがいい。夜会に出れば気晴らしにもなろう。儂《わし》を煩わせるな」

これでは話にもならない。

葵はその場に立ち尽くしたまま、大股に去っていく父の幅広の背中を見送る。

もやもやした胸の支《つか》えが葵に二階に戻る気をなくさせた。

速見を送り出したとみえてちょうど玄関から引き返してきた小間使いに、テラスにお茶を持ってきて欲しいと頼む。

そのついでにさりげなく聞いてみた。

「さっきの客はなんという名前か知っているか?」

「はい、葵さま。速見桐梧《とうご》さまとおっしゃる男爵さまです」

速見桐梧。

葵は深い意図もなく彼の名前を胸の中で繰り返してみた。

あの男も手塚と同じ穴の狢《むじな》なのだろうか。

それにしても、目が合ったときには驚いた。あらためて思い出しても背筋がぞくりと震えてしまう。じっと見つめられて、無性に怖かったのだ。同時に、気恥ずかしいような気持ちにもなった。今まであんな不躾な視線に出会ったことはない。

あまり考えていると、今夜気持ちが高ぶって眠れなくなる気がしたので、葵は軽く首を振って桐梧の姿を頭の中から追い出した。

父とあれほど険悪な言い合いをしていたからには、もう二度と会うことなどあるまい。
葵はそう信じた。

銀座の洋食屋でひと月ぶりに向かい合った望月《もちづき》は、桐梧が予想した以上に快活で、田舎での生活がどうやら無事に軌道に乗ったことを窺わせた。

「安心したぞ」

桐梧が心の底からそう言うと、望月も照れくさげに苦笑する。

「ああ、オレも一時はどうなるかと思ったが、なるようになるものだと噛みしめたぜ。人生のすべてを賭けて興した会社を根こそぎ奪われたときには、死ぬことまで考えたもんだがな」

「そうだ。死んでしまったら元も子もない。一度や二度失敗したくらいなんだ。生きていればこそ取り返しもきくんだ。逃げずに真っ向から再起を決意したおまえは偉い」

「もう二度とあんな寿命の縮む思いをするのはごめんだがな」

確かに、と桐梧も頷く。

二人は苦学生だった頃から、ある時は親友、ある時はライバルとして、互いに切磋琢磨《せっさたくま》しながら高みを目指してきた仲だ。貧しい生活の中で常に野心に溢れ、傲慢で高飛車な鼻持ちならない金持ち、華族などの特権階級に対して「いつか見ていろ」という気概を抱き続けてきたおかげで、どちらも事業を始め、どうやら波に乗ったようだった。

しかし、頭角を現していけば、必ず足を引っ張ってやろうとする者が現れる。

望月は桐梧よりほんの少し用心深さが足りなかったのだろう。人がよかったとも言える。世の中にはうまい話などそうそう転がっているはずもない。もしそれに出くわしたと感じたら、まずは疑ってみるべきだったのだ。

「オレも頭から手塚の言うことを信じていたわけではないつもりだったが、あいつの方が一枚上手だったのだな。あの手この手で懐柔されて、気がつけば借金だらけ。それこそ草の根の一本たりと残さぬ勢いで全財産を仲間の高利貸しに持っていかれたよ」

少し自嘲気味ではあったが、すでに精神的に立ち直りきったらしい望月は、特に興奮することなく淡々としていた。一時期の荒れ具合が嘘のようだ。

「綺麗事のように聞こえるかもしれんが、自分のことはもうある程度吹っきれているからいい。だが、手塚と沼田のような悪党がいつまでたっても野放しで、次々に新しいカモを求めて毒牙を伸ばしていると考えると、どうにもがまんならないな。ほら、オレが田舎に帰る決心をした晩にも速見に話した高塔伯爵の件」

「ああ?」

桐梧はピクリと眉間を引きつらせ、肉を切りわけていたナイフの動きを鈍くする。高塔伯爵の名前には不快感しか覚えない。

あの傲慢で世間知らずの浅はかな華族め。

わざわざ訪ねて忠告してやったというのに、一から十まで俺の言うことには耳を貸そうとせず、金で爵位を手に入れた成り上がりと、散々に罵倒してくれた。

「あそこもとうとうだめになったらしいぞ」

「そうか」

桐梧の冷ややかな反応に、望月は訝《いぶか》しげな顔をする。事業に関する駆け引きをしているときには徹底して容赦のない態度を貫く桐梧だが、それ以外のところでこんな素っ気ないようすを見せるのが珍しいと思ったらしい。だが桐梧としては伯爵に対する憤りが大きくて、とても愛想のいい受け答えなどする気になれなかった。

「べつにどんな義理もなかったんだが、魔が差したように高塔伯爵を訪ねて、忠告だけはしてやった。手塚が今度は伯爵家の財産を全部持っていこうと狙っているようだという話を、おまえから聞いてすぐだ。もう一ヶ月前だが、あのときの伯爵の失敬な態度は、いまだに腹立たしくてたまらない。ああいう輩《やから》は、一度手痛い目に遭わないと何もわからないのだな。自分がどれほど無能で、爵位がなければ何一つできない存在かということに、まったく及びもつかないらしい。呆れ果てて、勝手にしやがれとしか言えないね」

「ははぁ……きみはやっぱり黙ってはいられなくなったんだな？」

「徒労だった」

桐梧は望月が自分をいい男だなどと誤解しないように一蹴してやった。そんなふうに思われては迷惑だ。

「あの下腹を出っ張らせた恰幅ばかりいい男は、野良犬よりも頭が悪かったぞ。あれでは手塚にいとも容易《たやす》くつけ込まれただろうよ。俺には自業自得としか思えなかったな」

「辛辣《しんらつ》だなぁ」

望月が参ったなという顔で苦笑いする。

「だが、伯爵が無能な恥知らずでどうなってもさして気にならないとしても、息子が一人で高利貸しの使いをしているチンピラどもの矢面に立っていると聞くと、なんだかひどく気の毒で。オレもずいぶんと脅されたり苛《いじ》められたりしたもんだから、どんなに神経を磨り減らしているかが自分のことのようにわかるんだ」

「息子が、なんだって？」

桐梧の脳裏にふと浮かんできたのは、あの日、階段の踊り場の手摺りにほっそりした体を凭《もた》れさせて階下を見ていた、繊細そうな男の姿だ。

あれは、不甲斐なくも一瞬息を呑んだほど綺麗な男だった。

桐梧は思い出すだけで心がざわついた。男に懸想《けそう》する趣味など持ち合わせていないと信じてきた。しかし、彼を目にした瞬間の胸を射られたような衝撃を記憶に甦らせると、そう断言してしまうのもはばかられる。

ばかな。

桐梧は強く自分に言い聞かせる。

あれはおまえが、虫酸《むしず》が走るほど毛嫌いしている、威張りくさった華族の一員だぞ。母が気まぐれな華族のせいでどれほど酷い目に遭ったか忘れたのか。お屋敷の下働きをしていた母を手籠《てご》めにして孕《はら》ませた揚げ句、奥方に知れるとさっさと解雇して追い出した、憎らしい父。もちろん一度たりとも会ったことはない。会う気などさらさらない。だがもしこの先会う機会があるのなら、いかに母が苦労を重ねて病の床で亡くなったか、残された俺がどれほどの辛苦を舐め、華族というろくでもない連中を見返すために憎悪を糧《かて》にのし上がってきたのか、きっと思い知らせてやる。

男爵の称号を、没落華族から大金を出してまで買い取ったのは、いつか華やかな夜会の席ででも父と相見《あいまみ》えたとき、堂々と前に立ち、嘲笑してやるためだ。

昔の権威はいざ知らず、今や、華族の称号など金さえ払えば手に入れることも可能な、なんの意味もないものなのだ。そんなものにだけ縋って、傍若無人を尽くしている己の身を一度でいいから顧《かえり》みろ。そして母に謝罪しろ。

胸の中で罵っているだけで、桐梧は気が高ぶる。

華族の息子などどんなに着飾って美しいなりをしていても、心は貧しくて醜く、虚栄心の塊《かたまり》のようなものだ。

葵、と呼ばれていたあの男もきっと例外ではない。

息子と聞いて彼を思い浮かべたのは、単に桐梧が知っている高塔伯爵の息子が、彼だけだからだ。上に兄がいるらしいとは聞いているが、会ったこともない男にどんな関心も抱けない。葵のことにしても、ほんのちょっと見かけたくらいなのだし、実際、今日の今日まで忙しさにかまけてまるで気にしていなかったのだ。それでも、息子が矢面に立っている、という望月の言葉を聞くと、にわかに心が揺れ動き、無視しきれなかった。

「息子というのは、高塔葵のことか？　そいつになら俺も多少面識があるが」

「名前までは知らないが、まだ二十歳前の末息子のことだ」

「伯爵夫妻はどうした？　長男夫婦は？」

桐梧の声は意識しないうちに棘《とげ》だったものになっていて、自分でも驚いた。

「ああ、それがだよ、速見」

噂に聞いただけだが、と前置きして望月は伯爵家の現状を語る。

それによると、どうやら破産寸前まで追いつめられた伯爵は、妻と長男夫妻を伴い、追及がかかる前にさっさと雲隠れしたらしい。行き先は欧州のどこかで、向こうに外交官として出向いている妻方の兄弟を頼ったのではと憶測されている。

「なぜ末息子だけ残ったんだ？」

「わからんね。もちろん、置いて行かれたわけではなく、自ら進んで残ったらしいが。線の細い文学青年だという噂だから、妙に正義感が強かったりするのではないか。オレには理解できないが、華族さまには華族さまなりのプライドがあるんだろう」

「ふん。少なくとも父や兄よりまともな神経をしているということだ」

「逃げ出したくなる気持ちの方がオレにはまだわかるけどなぁ」

望月の弁は彼自身の悲惨な体験を踏まえたもので、桐梧の気持ちにストレートに働きかけた。

一度でも高塔家に関わったのが影響しているのだろう。聞く耳を持たなかった無礼な当主が勝手に破滅したことに対してはどんな感慨も抱かないが、葵がどんなふうにして屋敷に一人で残っているのかは、妙に気になる。

もちろん、助けてやろうなどという殊勝な気持ちからではなく、単なる好奇心に近いものなのだが、一度ようすを見に行くのも悪くない。桐梧を物乞いかたかりのような目で見て追い返した伯爵の、情けない姿を目にできないのは残念な気もするが、気位の高そうな美形の憔悴した顔を見るだけでも、溜飲《りゅういん》は下がるだろう。

桐梧をこんな意地の悪い気持ちにさせるのは、すべて伯爵の態度が原因だ。父親があんな男なら、息子も鼻持ちならない高飛車なお坊ちゃんに違いない。もし恥知らずにも桐梧に助けを求めて縋りついてきでもするならば、今更、と突っぱねてせいぜい冷笑してやろう。そして、ざまぁみろと吐き捨てて帰ってきてやる。さぞかしすっきりすることだろう。柄にもなくお人好しなことをした自分にも、これ以上腹が立たないというものだ。

望月とは新橋停車場で別れた。

まだ午後三時過ぎだ。

伯爵家を訪ねるのはなにも今すぐでなくてもよかったのだが、食後の腹ごなしも兼ねて足を伸ばす気になる。

桐梧はちょうど傍らを通りかかった辻馬車を止めると、そのまま伯爵邸に向かった。

前に来たときは秋の風が気持ちよく吹いていた記憶があるのだが、十一月も終わる頃になると外套《がいとう》の襟《えり》を立てたくなるような寒さに襲われる日が増えてくる。この日も結構肌寒かった。辻馬車に乗った頃はかろうじて晴れ間があったが、伯爵邸に向かう途中から雲行きが怪しくなり、到着したときにはすっかり曇天《どんてん》になっていた。鼠《ねずみ》色の雲が頭上に垂れこめ、今にも雨粒を落としそうな気配だ。

桐梧はステッキを脇に挟み、キッドの白手袋を外すと、鉄製の門を押し開けた。装飾の施された門扉《もんぴ》は瀟洒《しょうしゃ》なものだが、いかにも手入れがなされておらず、ところどころに錆《さび》を目立たせている。流行の洋館もこうなれば形無しだ。

だらしがないの一言に尽きる。

庭を見れば家人の性質を推し量れるものだが、昔はいざ知らず今の伯爵邸は廃墟のように荒れ果てた印象だった。夏に刈り忘れられた雑草が芝の合間に伸び放題になっていたり、枯れた花壇の草木がそのままくったりと伏したままなのは、いかに使用人の仕事ぶりが杜撰《ずさん》か、気を配るべき女主人の気持ちに余裕がなかったかを物語っている。一ヶ月前はまだここまで酷くなかったが、桐梧が訪れた直後から、伯爵家は崩壊の一途を辿ったのだろう。

雑草を踏みながら玄関ポーチに着く。

どこからかガシャーン、とガラスか陶器が割れる音が聞こえる。

桐梧は眉を顰め、来客を報せるノッカーを叩く。しかし、三度叩いても、何の応答もない。

本来ならここで引き返すべきだろうとは思ったものの、さっきの物音が気になった。

試しにドアの取っ手を掴んで引いてみると、あっさりと開く。

このようすでは誰に咎められることもなさそうだ。

そう思い、桐梧は堂々と玄関ホールに入り込む。

相変わらず軋んだ音をたててドアが閉まったが、暫《しばら》く待ってみてもやはり誰も出てこない。どうやら使用人もいないようだ。解雇してしまったのか、夫妻が欧州まで連れていったのか――もしくは、給金が払えなくなって彼らの方から見限られてしまったのか。

驚いたことに、ホールにあった家具類はほとんど持ち出されていた。家具類だけではなく、花瓶や置き時計などの備品、壁に掛けられていたはずの絵画類、そして極めつけに、ホールの天井に吊り下げられていた豪奢な西洋ガラス製の照明器具までなくなっている。そのためにホールは薄暗く陰気だ。

思ったよりも事情は逼迫《ひっぱく》しているようだった。

「今日のところはもう、帰ってもらえないか」

「そうはいかないね、若さま」

応接室の方で人の話し声がする。

気丈そうに振る舞おうとしてはいるものの、微かな震えを感じさせてどこか頼りなさの拭えない綺麗な声と、反対に居丈高でふてぶてしいしゃがれ声。

桐梧はゆっくりと歩を進めた。

両開きのドアの片方が大きく開け放たれたままになっている。ある程度まで近づけば、室内のようすが、一部ではあるがはっきり見て取れた。

ちょうど葵が椅子から立ち上がったところだ。

桐梧の記憶していた顔より、今目の前にある葵の顔はやつれて見える。白いというのを通り越して青ざめたような肌と、少し痩《こ》けた頬が気になった。

気力だけで突っ張っている、という印象だ。

それでも目が離せなくなるほどの美貌と気高い雰囲気は変わっておらず、桐梧を惹きつけ、知らん顔できなくさせた。

世の中には本当に綺麗な男がいるものだ。

櫛《くし》通りのよさそうなサラサラした長めの髪に縁取られた小作りな白皙《はくせき》は、非の打ち所がないほど整っている。涼やかで黒目がちな瞳や薄く小さな唇には女性めいた雰囲気が感じられるものの、そういう柔らかさより、全体の張り詰めたような硬質さが先に印象づけられるので、性別不肖の不思議な魅力がある。

きっとこれまではおよそ苦労らしい苦労などしたこともなく、蝶よ花よと大切に育てられてきたのだろう。一度も社会に出て働いた経験がなさそうな温室育ちの華に、脅しや暴力などお手のものの、したたかな取り立て屋をあしらう術があるはずもない。

テカテカに髪油をつけて頭髪を固めた猫背気味の男が葵の目の前に近づいてきて、ステッキを威嚇《いかく》するように尖った顎のすぐ下に突きつける。

「期限は十日だと言ったはずですぜ」

「だから、あと三日待ってもらえないかと何度もお願いしている」

「三日だぁ？　ふざけてもらっちゃ困りますな。一日いくら利息が付いているのか、わかっておっしゃってるんでしょうね」

「どれほど言われても、無い袖は振れない」

葵はあくまでも毅然とした態度を貫いている。顔に似合わず気が強そうだ。もっとも、気が強いからこそ、こうしてひとりででも伯爵家を守ろうとしているわけである。

しかし、その程度で引き下がるような相手でないことはわかりきっていた。

おそらくこの男が手塚とグルになっている高利貸し、沼田だろう。いかにも悪趣味な背広を着ている。太くて短い不格好な指に嵌《はま》った指輪など、豚《ぶた》に真珠のことわざをそのまま地でいっている。

沼田がずいと一歩踏み出すと、葵は後退《あとずさ》りする。

顎の下に突きつけられたステッキを恐れているというより、沼田自身との距離が狭まるのを嫌悪しているのだろう。

「もうこれまでにも相当たくさんの家財道具を持ち出して金に換えたはずだ。僕の手元には価値のあるものなど何一つ残っていない」

「伯爵夫人所有の宝石類がまだ残っているでしょうが」

「それは、母が手元に持っているようだ。どこを探しても見当たらない」

「だったらすぐに手紙を書いて、母上に送り返してもらうがいいや」

「あれらは曾《そう》祖母から譲り受けている大切な形見の品だと聞いている。どうか無理を言わないでくれないか」

「無理を言っているのはそっちだろうが！」

じりじりと後退を続けていた葵の背が、とうとう壁際まで届いてしまう。

ちょうど桐梧の位置からも、葵の斜め横を向いた顔の一部分が、沼田の後頭部の向こうにギリギリ見える。

葵はドン、と肩から壁にぶつかって、一瞬怯えた目をした。

それでもすぐにまた、キッと相手を睨みつけてみせたので、桐梧はちょっと感心した。

なかなかの強情ぶりだ。物静かな美貌に騙されて彼を侮ると、さぞかし手痛いしっぺ返しを食らわせられることだろう。意外性があって面白い。

だが、葵にできるのはせいぜいそこまでだった。

沼田がステッキの柄《つか》で葵の顔を仰向けさせる。

「あっ」

葵は狼狽した声を出すと、脇に下ろした腕を緊張したように伸ばし、手のひらで壁をまさぐるようにした。

壁についた白くて細い指が、細かく震えている。

いかに虚勢を張って必死に対峙《たいじ》しているのかが伝わってきたが、桐梧は止めに入りもしなければ助けようとも思わなかった。

今までが甘ちゃんに育てられすぎていたのだ。一生のうちに一度や二度は深い挫折を知ればいい。そうすればいかに自分がちっぽけな人間か、財産や地位を持たない一般庶民と何も変わらない存在か、理解できるだろう。

追いつめられた貴公子がどんなふうにプライドを守ろうとするのか見せてもらいたい。

桐梧の頭の中にはそんな冷徹な思惑と同時に、なぜか葵は自分の期待を裏切らないという奇妙な安心感があった。ここで自分が飛び出さなくても、さして後味の悪い思いをしなくてすむ気がしたのだ。沼田の言動は激しく不愉快だが、葵が思ったよりしっかりしているので、同情の余地をそれほど感じないせいもあるのだろう。

「まだここにある家財道具をすべて売り払っても、伯爵さまに融資した金は利息込みであと半分以上残ってるんだ」

「わ、かっている……」

「あたしはねぇ、若さま、なにもあんたを苛めようと思ってるわけじゃねぇんですよ。ただ道義を守ってもらいたいだけだ。借りたものは返す。それくらいおわかりですな？」

「……あっ」

更に顎を強く押し上げられて、葵が苦しげに呻いた。

男のくせに妙な艶《つや》がある。

ゴクリ、と沼田が生唾を呑んだ音が桐梧の耳に聞こえるようだ。あながちその妄想は外れてはいなかったようで、沼田は葵との間にあった僅かな距離を大胆に詰め、常識では考えられないほど無礼に体を押しつけていく。

「やめろ」

葵が壁を押すように、さらに強く腕を突っ張らせる。それでも沼田に手をかけて押し退けようとしないのは、下賤《げせん》の輩には自ら触れるのも嫌だと感じているせいなのか、単に恐怖で体が動かせないせいか、微妙なところだ。桐梧にはどちらも半々のように感じられ、冷たい感情に浸される。本気で嫌ならもっと真剣に抗《あらが》ってみせたらどうだ。そう思うのだ。

「どうするつもりかお聞かせ願おうか？　あと一週間で、この屋敷も明け渡してもらわないとならないんですぜ。伯爵さま方はまんまとこっちが動く前に逃避行に出ておしまいになった。若さま一人残されたのがせめてもの良心ってことらしいが、とどのつまり、父上は末息子のあんたを人身御供《ひとみごくう》に出したわけだ。お華族さまってのもなかなかえげつないね。跡継ぎの長男さえいればいいってことかね。だがまぁ、あたしらもそれに免じてできる限りの協力はしてやってるつもりだよ」

「勘違いするな。僕は自分の意志で残ったんだ」

葵は青ざめた顔をキッときつくした。この期《ご》に及んでも言うべきことは言う。

「できる限りのことはしたいと思っている。だが、僕にこれ以上どうしろと言うんだ」

「若さまにできることは、ひとつっきりしかないようにあたしには思えるなぁ」

沼田が急に猫撫で声になる。

そしてステッキを持たない方の空いた手で、葵のうなじを我が物顔にひと撫でする。

「よせ……」

葵の肩がビクッと震えた。

へへっ、と沼田が舌なめずりせんばかりに葵の体に顔を近づける。

「いい匂いがするぜ。若さまはきっとまだ男も女も知らない無垢なんでしょうな」

「離れろ。離れてくれ！」

がまんの限界なのか、葵が叫ぶ。

葵があからさまに嫌がりだすと、沼田はよけいに煽られるようだ。生娘を無理やり押さえつけているのと似た感覚がするのだろう。それは無理ないと桐梧にも思われた。葵はあまりにも艶を持ちすぎている。傍観を決め込んでいる桐梧の頭にも劣情を掠めさせるほど、色香があるのだ。

「そろそろ覚悟を決めたらどうですかい」

沼田は前から、最後は葵を奪う心積もりをしていたのだろう。

「男だって体で稼げることはご存じのはずでしょうが、若さま。だが、あんたのことはあたしも手塚さんも非常に気に入っていてね。ご身分もご身分なんだし、そう酷な目に遭わせるのもなんだ。どうせ来週には雨露凌《しの》ぐ屋根すらなくなるんだから、いっそ明日からでもあたしが用意する家に来てもらった方がいい気がするんだがなぁ」

葵は唇を固く閉ざしたまま返事をしない。

「ねぇ？　……とっくりと可愛がって差し上げますぜ」

顎を擡《もた》げさせていたステッキを床に投げ出した沼田は、リボンタイの結ばれた絹地のブラウス越しに、葵の胸に芋《いも》虫のような指を這わす。

「やめてくれ」

葵の声は弱くなっていた。

気力を挫《くじ》かれたというより、ここではっきりと沼田を拒絶すれば事態がもっと悪くなることを憂慮して、抵抗もままならないのだ。

「これからも綺麗な服を着て美味しいものを食べ、ふかふかの寝台で寝たいでしょうが。一文無しで手にアカギレつくって働いて、木賃宿の黴《か》びた煎餅《せんべい》布団に寝るような惨めな生活はしたくないはずだ。いくら待っても助けなど来ないんですぜ。ご親戚にもそっぽを向かれたんでしょ。ご両親とお兄さんご夫妻は借金さえ綺麗に片付けば、また戻ってきて若さまに一生涯感謝されるに決まってまさ」

葵は苦しげな表情で逡巡していた。

「……もう少し、考える猶予が欲しい」

「はん」

往生際の悪いこって、と沼田が侮蔑に満ちた溜息をつく。

「じゃあ明日まで待ちやしょう。明後日の朝にでももう一度お伺いしますよ。そのときにはきっちりと覚悟をお決めになっていてくださいよ」

「手塚と二人で、僕を囲う気なのか……」

へっへっと沼田は下品な笑い方をする。

「あたしは金の方が好きなんだが、手塚さんは前からあんたに懸想していたようですぜ。確かに若さまはびっくりするくらいお綺麗だ。それであたしも手塚さんに従うことにしたってわけで」

桐梧の脳裏に、野卑な野獣二人に夜毎弄ばれる葵のイメージが浮かぶ。

想像するのはいとも容易く、見たこともない葵の白い裸が、シーツの上や脂肪でぶくぶくした醜い腹の上や下でのたうつ様まで鮮明に思い描けた。

汚す、という言葉がこれほどぴったりくる光景もない。

葵が唇を引き結んだまま、肘で沼田を押し退ける。

沼田も自分が優位に立ったことを意識してか、ここは葵の機嫌を取るゆとりを出したようだ。すんなりと葵から離れ、屈んでステッキを拾い上げる。

「若さまにはこれっぽっちもご苦労はおかけしませんからご安心を。むしろ、もっと早く決心すればよかったと後悔なさるくらいのはずだ」

「もう帰ってくれ。一人になりたい」

「へい、へい」

葵にそっぽを向かれた沼田は、おどけたように肩を竦めてみせた。

桐梧はここで沼田と顔を合わせる気などさらさらなかったので、猫のように俊敏な動きで背後の階段を二段おきに上がると、葵が以前に佇《たたず》んでいた例の踊り場に立った。

ほぼ入れ違うタイミングで沼田が廊下に出てくる。

ステッキを振りながら、鼻歌交じりの機嫌の良さだ。

桐梧は沼田のその姿を見て、むらむらと腹が立ってきた。

葵がどうなろうと知ったことではないが、あの厚顔無恥なハイエナどもに、これ以上おいしい思いをさせるのは我慢ならない。

特に望月をまんまと騙し、高利貸しの餌食にした手塚には一際憎悪を感じる。

その手塚の方こそが葵に執着していると聞いたからには、このまま手をこまねいて見ている気がしなくなった。

葵を横合いからかっさらい、代わりに薄汚い横っ面に金を叩きつけてやったらどうだろう。

手塚に地団駄を踏ませ、ざまぁみろと高笑してやりたい欲求に、桐梧は抗えなくなり始めた。

そうなれば、少しは望月の気持ちも晴れるかもしれない。——おまけに、大嫌いな世襲華族をいいように扱って、自分の足下に跪《ひざまず》かせられるのだ。

バタン、と玄関のドアが閉まり、屋敷中が静まり返った。

桐梧はまず外套を脱いだ。深い意味はないのだが、勝手に上がり込んでいたうえに外套も脱がない無作法な男だと思われるのも癪《しゃく》だった。どうでもいいところで隙を見せるのは本意ではない。

外套を腕に掛け、ゆっくりと階段を下りていく。

今度はぴったりと閉ざされている応接室のドアを、桐梧は形式的にノックしたと同時に、返事も待たずに開けた。

安楽椅子の背に手をかけて茫然と立ち尽くしていた葵が、断りもなく入ってきた桐梧を見て目を瞠る。

「なっ……なんですか、あなたは」

「失礼。玄関でノッカーを鳴らしたのだが、応答がなかったものだから」

平然とした顔つきでそう言いながら、桐梧は室内をぐるりと見渡した。玄関広間と違い、ここには最低限の家具調度品が残されている。葵が生活していくのに必要なものはまだ取り上げられていないらしい。そうやって情けをかけていることを強調したのだろうが、以前訪れたときからすると相当惨めな有様になっている感は拭えない。

桐梧は自分を警戒してじっと睨んでくる葵の強気さにニヤリとした。どこまでも我を張るところなど、気骨があっていい。

「以前ちらりと顔を合わせたはずだが、俺のことは覚えておいでか？」

「申し訳ありませんが、覚えていません」

嘘だった。

葵はいかにも決まり悪げに目を伏せた。嘘をついている後ろめたさがあるのだろう。なぜ葵が嘘を言うのかは定かでないが、たぶん、これ以上惨めな気持ちを味わいたくなかったからとか、そんな理由だと思える。

睫毛《まつげ》がとても長い、と桐梧はこの場にふさわしからぬ観察眼を働かせた。目の下に翳《かげ》りをつく

るほど長く反り返った睫毛が、心許なげにふるりと揺れる。桐梧は強く心惹かれて、暫《しばら》くの間彼の俯いた顔から目を離せなかった。

強い視線に曝《さら》されているのを意識してか、葵が次第に落ち着きをなくしていく。白い指で何度も横髪を搔き上げたり、蝶結びにされたタイを軽く引いたりして、じっとしていないのだ。葵の腕は男にしては驚くほど細い。ふんわりふくらんだブラウスの袖にずいぶんと余裕がある。腕を曲げたときにくっきりと形が浮かぶ関節も痩せて尖っている。そして真珠のボタンがずらりと並んだカフスが、手首の華奢さをこれでもかと強調していた。

「俺は速見だ」

引き気味にされていた顎がピクと微かに動く。

「速見桐梧という。身分はいちおう男爵ということになっている。——ここまで言えば思い出していただけるかな?」

「あの」

葵は下を見つめたまま思いきり冷ややかな声を出し、さも煩わしげにする。

「本当に申し訳ないですが、僕はいろいろと忙しいのです。あなたの相手をしている時間はない。父なら今ここにはおりません。どうぞお引き取りいただけますか」

気取りやがって、と桐梧はむかついた。

もはや伯爵家の御曹司《おんぞうし》などという身分は名ばかりで、なんの力もないくせに、まだ虚勢を張ろうとする気か。

葵の頑《かたく》なな態度が桐梧を必要以上に冷淡にさせた。

「なるほど確かに人生の岐路に立たされているわけだから、それは大変だろうな」

ガラリと口調を変えて傲慢で皮肉な物言いになった桐梧に、葵が俯けていた顔を上げる。失礼極まりない男を睨む目にはそれなりに迫力があったが、こういう駆け引きを要する場面では百戦錬磨《れんま》の桐梧を引き下がらせるまでの力はない。

沼田は葵に接近して暴力めいたことをしていたが、桐梧は初めに取った距離から一歩たりとも近づかなかった。しかし畏怖を感じさせる効果は沼田より勝っていたとみえ、葵が全身を強張らせて激しく緊張しているのがわかる。

「さっきの男との話、終わりの方だけ聞かせてもらったよ」

「出ていってください！」

怒りと羞恥のためだろうか、いっきに顔を紅潮させた葵が叫ぶ。聞きたくない、と激しく桐梧を拒絶する響きが含まれている。

「自業自得だ」

桐梧は葵の気持ちになど構わず、ピシリと決めつけた。

「あのとき俺の忠告を素直に聞いていれば、こんな事態にまでなるのは避けられたものを。そのうえ、当の伯爵本人は海外に高飛びして、おまえ一人残していったとはね。卑怯すぎて紳士の風上にも置けないいな」

「僕が残ると言い張っただけだ。父上は卑怯者などではない。勘違いするな」

葵も負けずに言い返す。

こうなると桐梧は、相手が疲弊《ひへい》しているとか年下だとかを考慮して、適当なところで容赦してやることができなくなる。

絡まれれば絡まれるほど、闘争心が湧いてくるのだ。

ねじ伏せて、征服して、従わせたいという野生の獣のような血が騒ぐ。桐梧が二十代半ばという若さで事業を成功させられたのは、すべてこの貪欲な欲求のおかげだ。状況を的確に見切る冷徹な判断力と熱い闘志の二つを併せ持つことで、桐梧はさまざまなチャンスを摑んでここまでのし上がってきた。

「こうなるとわかっていて残ったということか。それとも周囲がどうにかしてくれるという甘い判断から残ったのか?」

「僕はただ、この家屋敷を、彼らにめちゃくちゃにされたくなかっただけだ」

「フン」

桐梧は鼻で嘲笑った。

「それよりは自分がめちゃくちゃにされる方がいいとでも言うつもりか」

葵は唇を噛んだまま答えない。

そこをなお追いつめ、降参させるために、桐梧は続けた。

「おまえにそこまでの覚悟があったと言うなら、俺もひとつ援助の手を差し伸べてやろうじゃないか」

葵が勢いよく顔を上げる。

桐梧は一字一句区切るように、ゆっくりと喋った。

「あの男どもに囲われて借金を帳消しにしてもらうか、それとも、この俺の足下に跪いて援助を乞うか、おまえが自分で決めるんだ、高塔葵」

そうすれば伯爵家の払うべき借金の残りをすべて肩代わりしてやる。

桐梧は傲慢に言い放つと、鋭く葵の白皙《はくせき》を見据えた。

足下に跪《ひざまず》け、というのがどんな意味を持つのか、葵にはいまひとつはっきり理解できないようだ。食い入るように桐梧を見つめ返す瞳が、当惑している。

「明日までだ。明日、日が暮れる前までに、おまえがその気になったら俺の屋敷まで来るがいい。そうすれば以降は俺が連中に話をつけてやる」

桐梧は唇を皮肉げにねじ曲げて笑った。

「俺かあの男たちか、おまえが選べ、葵。俺も俗っぽいただの男だ。知っての通り、育ちもよくなければ、プライドに拘《こだわ》りすぎたりもしない。だから他人に何かをしてやるのに、見返りなしでいいと言えるほど人間ができてないんだ」

葵がピクリと唇の端を引きつらせる。

桐梧が何を求めているのかはっきりと悟ったようだ。失望と軽蔑とが硬い表情をなおきつくさせたのがわかる。仮にも男爵を名乗るのなら、手塚たちとは違うはずだと思いたがっていたのかもしれない。

ばかめ、と嘲ってやりたくなる。

華族という連中こそ、立場が下の人間を勝手気ままに扱うではないか。

あいにくと桐梧は品行方正で慈悲深い紳士などではない。基本的には手塚たちとそれほど変わらない。ただ他人を陥《おとし》れてまで金や地位を得ようとはしないというだけだった。

「もし俺を選ぶのならば、自分から進んで俺のところに来い。俺はわざわざおまえのために馬車を迎えにやったりしない。いいな」

葵は微動もせずにじっとしている。

「明日、太陽が沈むまでだ。くれぐれも間違えるな」

言うだけ言うと、桐梧はさっさと踵《きびす》を返した。

外に出てみれば日は既にとっぷりと暮れており、冷たい北風が桐梧の頬を掠めて、吹きすぎていった。


明日までにどちらか選ばなければいけない——。

そう考えると、葵はとても眠れなかった。

二階の居室は以前のままの状態を保っている唯一の部屋で、葵がもっとも落ち着けるはずの場所なのだが、今夜ばかりは午前零時を回っても寝台に横になる気になれない。

桐梧が帰った後、隣町に住む以前の女中が、いつものようにお裾分《すそわ》けだと言って夕飯のおかずと握り飯を届けてくれた。ずいぶん前に執事と共に辞めたはずの彼女の心遣いは本当にありがたく、一人で屋敷に残った葵がずっと衣食に困らなかったのは、すべて彼女のおかげである。今夜葵は彼女にいくらかのお金を持たせ、明日からは自分もこの家を出るので、と言った。お金は葵が何年も前に母からもらい、遣うあてもなく置いていた小遣いだ。礼金として女中に渡した分を除くと、後はもう車代程度しか残っていない。

葵は速見桐梧を覚えていた。

当然覚えているはずだと自信たっぷりだった桐梧の言い方が気に入らなくて、とっさに覚えていないなどと嘘をついたが、忘れようにも忘れられないほど強烈に印象に残る男だった。

きっと桐梧は葵の嘘など見抜いていたに違いない。

その後の嫌味な言い方、鋭く心の奥を見透かすような目つきに、葵はとても平静を保っていられなくなっていた。あと少し話が長引けば、膝を折って床に座り込んでいたかもしれない。

俺が借金を肩代わりしてやる。

桐梧は傲慢にそう言い放った。

彼が自分を騙す気でいるのではないことは、葵も承知している。なぜまた突然訪ねてきたのかは聞きそびれたが、彼を無視して追い払うような真似をしておきながら、結局は予想通りの結末になった自分たちを、せいぜい嘲笑いに来ただけだろう。第一、もう騙されようにも騙し取られるようなものは伯爵家には何もない。

もし桐梧を選べば、彼は葵をどんなふうに扱うのだろう。

葵には想像もつかず、怖い、という気持ちだけが膨らんでいく。

それでも、沼田と手塚を選ぶよりはきっとましなはずだった。

以前から葵は、手塚が自分を見る目つきに、尋常ではない感情が交ざっているのを感じていた。

強いものにはこびへつらい、弱いものをネチネチと陰湿に苛めるいやらしさ。野良犬に石を投げつけていた残忍さ。それらが葵にも向けられるとなれば、自分の身がどうなるか、想像するのも恐ろしい。この恐ろしさは、桐梧に感じる怖さとはまるで異質なものだった。しかも、そこに好色そうな沼田まで加わるというのだ。

桐梧を選ぶチャンスが生じただけ、葵は幸運なのかもしれなかった。実際はどうなるのかまったくわからないが、少なくとも、桐梧に対しては生理的な嫌悪を感じない。

この前は高い位置から見下ろしただけだったので、遠目からの印象しかわからなかったが、さっき改めて向き合った桐梧は、上背があって胸板の厚い、いかにも堂々とした体躯《たいく》の青年紳士だった。邪魔になるのでは言いたくなるような長い手足と広い肩幅で、外国の人のように背広を着こなしていた。あんなに洋装が似合う男を葵は他には知らない。

桐梧は華族という存在を軽蔑し、憎んでさえいるようだ。

何もできない無能な怠け者たちが、親からもらった財産で自堕落な毎日を送っている。虫酸《むしず》が走るほどそれが嫌いで許せない。そんな目をしている。

華族の称号を金で売る者から買い取ったのも、こんなものなど誇りに思う価値もない、金さえ積めばどうにでもなるものなのだと皮肉るために違いない。見てくれは素晴らしく整った魅力のある男だが、性格がいいとはとても思えなかった。

華族が嫌いなら、当然葵も嫌いなのだろう。

これまで面と向かって誰かから敵意を浴びせられた事はなかった。

怖い、と感じるのは、そういう負の感情を剝きだしにされた経験がないせいかもしれない。

考えれば考えるほど落ち着かなくなった。

自分は決して強くない。強気な振りをしてはいても、張り詰めていた糸が切れたら、情けなく崩れてしまう程度の片意地だ。

多少乱暴に扱われるとか、恥辱を強《し》いられてプライドを粉々にされるだけなら、まだどうにか堪えられる。

しかし、桐梧のもとに行けば、これまで培《つちか》ってきた自分というものを根本から否定されて、新たに別の存在に作り替えられてしまうかもしれない。そんな漠然とした予感がする。

葵はそれも怖いのだ。

選ぶなら桐梧を選ぶしかないと九割方決めているのに、あと一歩吹っきれない。

結局一睡もできないうちに、東の空が白んできた。

速見邸は決して広大な屋敷ではなかったが、ジョージアン様式の立派な洋館だ。建物はドアの取っ手から階段の手摺りに至るまでピカピカに磨き込まれており、通された居間もとても居心地よく整えられていた。

葵を案内してくれた中年の執事は、マントルピースを掻き回して火の勢いを強くすると、親しみのある笑顔で顔をくしゃりとさせながら、「もう暫くお待ちくださいませ」と言って一度出ていった。

暖かくて心が休まる屋敷だ。

葵は張り詰めさせていた気持ちを少しだけ緩め、遠慮がちに部屋のあちこちを眺めた。

レースの窓掛け越しに見える庭がたぶんこの屋敷の中庭になるのだろう。あと少しすれば日が沈む時刻で、夕焼け空が庭木まで赤く染めている。日が暮れるまでに来い、と言われたギリギリの時間に、葵はどうにか間に合ったのだ。

もう悩んでも仕方がない……。

ここに来た以上、桐梧が満足するように仕《つか》えるほかない。

そこまで考えたとき、軽いノックがあって先程の執事がお茶を持って戻ってきた。

「お疲れになったでしょう。主人もじき参りますので、それまでお茶でもお飲みになっておくつろぎくださいませ」

美しい陶器の柄つき茶碗には、香り高い紅茶がたっぷりと淹《い》れられている。赤とオレンジを半分ずつ混ぜたような綺麗な色の紅茶は、とても美味しかった。

紅茶を半分ほど飲んだ頃、ようやく桐梧が顔を見せた。礼儀正しい執事とは違い、いきなりガチャリとドアを開け、大股に歩いてきてドサッと向かいの安楽椅子に腰掛けるという、いかにもせっかちで気配りのない登場だった。葵を相手にはどんな礼を尽くす必要も感じていないというわけだろう。

「やはり来たか」

開口一番、それだった。

葵は頭に血を上らせ、きつい瞳で桐梧を睨みつけてしまう。

「ふん、まだそんな生意気な顔ができるとはな」

すみませんと謝る気にはなれなかったが、葵は自分の立場を考えて、視線だけは桐梧から逸らした。膝の上の自分の指を見る。

「いろいろと回りくどいことを言っても時間の無駄だから、単刀直入にいこう」

「……はい」

今度は素直に返事をした。

もう葵にはそれしかないのだ。桐梧にここを追い出されたら、本気で行くところがない。親戚の家はいずれも遠く、普段からそれほど親しくしていたわけでもないから、頼りにできたとしても頼りにくいのが実情だ。気を遣いながらの滞在は気が重い。平常は疎遠にしておきながら、いざというときだけ頼るのもプライドが邪魔をする。

「約束通り沼田の借金は俺が支払ってやる。これで取りあえずおまえの身は自由だ。自由ではあるが、俺のものだということを肝《きも》に銘じておけ」

「ありがとう……ございます」

言葉遣いからどうすればいいのか迷われたが、とりあえず桐梧を立てて敬うようにする。けれど気持ちは蟠《わだかま》ったままなので、滑らかには喋れなかった。

「金のことさえ俺がきちんとすれば、途端にしおらしくなるんだな？」

桐梧に嫌味を言われる。

葵は必死に感情を抑え、言い返したいのをがまんした。

「顔を上げて俺を見ろ、葵」

次にそう命じられ、葵は渋々ながら桐梧の言うとおりにする。

安楽椅子に深々と腰掛け、長い脚を見せつけるかのように組んだ桐梧は、葵の全身を遠慮のない目でジロジロと見ていた。

まるで品定めされているようだ。たちまち緊張してしまう。

桐梧を見返していなければいけないのは、非常な努力を要する行為だった。

「まずは食事をさせてやろう。衣食住の面倒をみるのは、おまえの体を買った俺の責任だ」

体を買ったという表現があまりにもあからさまで、葵はどうしようもなく嫌だった。確かに自分は桐梧に身売りしたのだ。頭ではわかっている。けれど、口に出してはっきりと断定されると、言葉の持つ淫靡《いんび》な響きに耐え難くなった。

「——紅茶は美味しかったか？」

「はい」

「我が家の執事はなんでもできる。料理の腕もなかなかだ。今日のところはせいぜいおまえを甘やかしてやることにしよう」

ありがたいと感謝すべきかもしれなかったが、今晩と明日からの扱いを不安に思う気持ちの方が強くて、葵は黙り込んだ。

桐梧の背中に従って、食事室に行く。

細長いテーブルに一人分の茶碗が伏せてある。どうやら桐梧は今一緒には食べないようだ。

「俺はまだ仕事が残っている。おまえはここで食事を済ませたら、さっきの居間で好きにすればいい。ただし九時までには風呂に入り終えておけ。市橋《いちはし》に浴衣を用意させるので、それを着て二階の突きあたりにある俺の部屋に来るんだ。わかったな？」

葵は耳朶《みみたぶ》まで朱に染めて熱くしながら、か細い声で「はい」と答えた。

生々しくて汗が出る。

市橋というのがあの執事の名前だということに気付いたのは、桐梧が食事室を出ていってからのことだった。


浴衣姿になった葵は、躊躇《ためら》いを払いのけるようにして、おずおずと部屋に入ってきた。

ふわりと石鹸《せっけん》の香りが書斎に広がる。

桐梧は羽根ペンを受け皿に置き、書き終えたばかりの手紙を折り畳んで細長い封筒に入れると、椅子を引いて立った。

ドアのすぐ手前に所在なさげに立っていた葵が、ビクッと全身を強張らせる。

「こっちに来い」

桐梧は葵の不安や戸惑いは無視して、いかにも高圧的に指図した。

寝室は書斎と一続きになっている。

ドアを開いて葵が来るのを待ち、中に入らせてから、わざと大きな音をさせて閉め、錠《じょう》まで下ろす。本当はこんな事までする必要はないのだが、葵にもう逃げられないのだと最後の確認をさせるためだった。

大きな寝台が中央に置かれた寝室は、それほど広くもない。横になって寝るだけの部屋だから、舶来物のランプを載せたサイドテーブルと、壁に飾った二枚の絵が華やぎを与えている他は衣類を仕舞う西洋箪笥《たんす》と和箪笥がそれぞれ一棹《ひとさお》ずつあるだけだ。

寝台の横に立った葵は、磨りガラスに美しい模様が入ったランプシェードをじっと見ている。興味があるからというよりはむしろ、そうする以外どんなふうにすればいいかわからないから、という感じだ。

葵の緊張感が桐梧にもひしひしと伝わってくる。

なにもかもが未経験なのだ。

少しくらい優しくしてやっても罰は当たらない気もしたが、それではなんのために大金を出して葵を自分のものにしたのかわからない。可愛がるつもりなどは毛頭なく、辱めて泣かせて慰み者にするために手に入れたはずだ。

桐梧は和箪笥の引き出しを開けた。中にはたとう紙に包まれた着物が何着分も積み重なっているが、そのうち一番上にある真新しい包みを紐《ひも》解く。

「葵」

呼びかけると、葵は桐梧の方を振り返る。

無防備にしていた細い体に向けて、桐梧はたとう紙の中に綺麗に折り畳まれていた着物をいきなり投げやった。

「あっ」

光沢のある白地に、金糸銀糸その他諸々の糸で豪奢な縫い取りをふんだんに施した着物を反射的に両腕で受け止めた葵は、びっくりして、何事かというように桐梧を見る。

「浴衣を脱いでそれを着ろ」

「でも」

信じられないというように目を開き、葵は両腕に抱えた衣装を確かめる。

「でも、これは女物の着物だから僕には着られない」

「着られない？」

桐梧はこれ以上ないくらい冷ややかに葵を見据えた。

「俺は、着ろ、と命令したのだ。着られるか着られないかをおまえに聞いた訳じゃない。第一、それはおまえのために昨日呉服屋に見繕わせた振り袖だぞ」

必ず葵は自分のもとに来ると信じていたから、桐梧はそうしたのだ。

葵が息を呑んで茫然としている。桐梧の自信に満ちた確信犯的な遣り口、常識外れな要求を平然とする容赦のなさに、とても太刀打ちできないと思ったようだ。

気位の高い強情な猫の躾《しつけ》は、最初にはっきりと、どちらの立場が上か教えておくのが大切だ。

桐梧はここぞとばかりに葵を打ちのめす。皮肉たっぷりな表情を浮かべ、有無を言わさぬ口調になった。

「もともと俺には男を抱くような、高尚で無益な趣味はないんだ。だが、お華族さまを遊女のように扱えるなど滅多にない機会だからな。振り袖を着流して寝台に上がり、俺をその気にさせてみろ」

「そんなこと……」

「できるできないは聞いてない。同じことを何度も言わせるな！」

厳しくはねつけると、葵は悔しさと絶望感に満ちた表情を浮かべながらも、どうにかその場に踏みとどまって堪えた。

いったん振り袖をシーツの上に置き、項垂《うなだ》れたまま浴衣の帯に手をかける。

「明かりを消してもらえない、ですか」

「なぜ消す必要がある」

西洋箪笥に肩を預け、傲慢に腕組みしたまま成り行きを楽しむつもりでいる桐梧は、底意地悪く突っぱねる。どんな些細なことでも葵に譲歩するつもりはなかった。

葵は震えながら浴衣を脱ぎ落とし、全裸の素肌を一瞬だけ明かりの下に曝《さら》すと、正絹《しょうけん》の美麗な衣装に袖を通す。

白地の大振り袖は葵にとてもよく似合った。腰紐や帯を使わないで打ち掛けのようにして羽織るだけなので、裾を長く引きずったままなのが、殊更淫靡に感じられる。

「寝台に上がって裾をまくって脚を見せろ」

「お願いだから、もう許して、男爵」

「俺と寝るときには俺のことは名前で呼べ。一刻も早く許されたかったら、さっさと言いつけ通りにして俺を満足させることだ、葵」

どんなに哀願しても無駄だと悟ったのか、葵は色をなくすほどきつく唇を噛みしめると、振り袖の前をしっかり閉じ合わせ、寝台に乗った。

ギシッと葵が移動するたびに寝台のバネが軋む。

桐梧は目を細めて、滅多に見られないであろう光景を見守った。

葵がヘッドボードに背中を凭れさせて横座りになる。何度も躊躇いを見せた後で、ようやく振り袖の裾をたくし上げる。斜めに伸ばした素足が膝まで見えた。

ほっそりとして形の綺麗な足は、男だと承知していても十分に色っぽい。

それだけでもゾクリとする眺めだったのだが、桐梧は簡単に許してやる気はなかった。

「もっと上まで見せるんだ。太股を出して俺を誘惑してみろよ」

葵はほとんど泣きそうな表情をしている。顔から首筋、耳朶に至るまで可哀想なほど赤くなっており、胸が壊れそうなほど上下していて息も苦しげだ。

太股まで着物をたくし上げると、次には足を開けと命じた。

「……もう！」

葵の目尻に涙の粒が浮かぶ。

じわじわと開かれた足の付け根に、淡い茂みと小振りに息づいているものとが見えた。

振り袖はすでに、肩から半分ずり落ちかけている。

この凄まじい色香に惑わされずにいるのは難しかった。どんな衣装を着せたところで、取り払ってしまえば自分と同じ男だとわかっているのに、股間に血が集まってくる。それは節操もなく痛いほどにズボンを突き上げてきて、激しい欲情を知らせていた。

桐梧は身につけていたベストを脱ぎ、蝶ネクタイも外してしまうと、ゆっくりと寝台に近づいていった。

俯いて小刻みに震えている葵の肩に手をかけ、乱暴にシーツに押し倒す。

「あっ」

そのまま上からのしかかり、細い体を敷き込んだ。

葵が濡れた瞳で怯えたように桐梧を見上げる。

「初めてか？」

こく、と喉仏を大きく上下させ、葵は目を閉じた。閉じた拍子に涙が頬にすうっとひと筋滑り落ちる。

綺麗な男だ、と桐梧は素直に感じて口元を綻《ほころ》ばせた。

この華を最初に手折《たお》るのが自分だと思うと、それだけで気分が高揚する。男だろうがなんだろうが、すでにそんなことは些末な問題に思える。桐梧の雄は完全に葵に挑めるまでになっている。

葵の熱さが知りたいと渇望しているのだ。

まず、濡れて震えている睫毛を舌先で軽くそよがせた。

「ん…っ」

葵があえかな声を漏らす。

このとき初めて桐梧は、葵のことを本気でかわいいと思った。


見かけよりもずっと柔らかい桐梧の唇が、葵の体中にくちづけを落としていく。

温かく湿った粘膜が肌に触れ、ときどき吸い上げられたり、舌で突かれたりするたびに、葵は全身で反応し、体を左右に身動《みじろ》ぎさせた。葵にかつてない屈辱感を味わわせた女物の衣装は、すでにほとんど脱げており、かろうじて左腕に纏《まと》いついている程度になっている。

全裸になった桐梧の体は、想像以上に逞しかった。

みごとに鍛え抜かれた硬い筋肉が肩や胸、上腕などを雄々しく盛り上げていて、惚れ惚れするような体躯を形作っている。

それが葵の細くて白い体を押さえ込み、貪るように全身にくちづけして回るのだ。

まるで大きな野生の獣に食い尽くされる獲物になったような気分だ。

「……あ」

胸の粒を掘り起こすように舌で嬲られ、葵は全身を突っ張らせた。

さっきから何度も同じことをされるのだが、回を重ねるごとに刺激を強く感じるようになっている。桐梧は葵をもっとここで感じるようにさせたがっているようだ。女ならばさぞかしふっくらとして触りがいのあるところだろうが、それを男の葵に求めるのは筋違いだ。けれど男でもずっと弄られていれば感じてくるものらしい。指で引っ張り上げられたりこね回されたりして充血したところに歯を立てられると、ビリビリと頭や下半身に刺激が走る。そうなると葵は堪えきれずにせつない喘ぎ声を洩らしてしまう。

「いや……あっ」

「ふん。そのうちいいと言って泣くようになる」

桐梧が色気の滲む声で葵の耳に囁き、ふっと熱い息を吹き込んだ。

「あああ」

たったそれだけでも背筋を痺れが駆け下りる。

桐梧は葵の体の下から振り袖を抜き取ると、左腕も抜かせてバサリと床に投げ落とす。

「そろそろ遊びはお終《しま》いだ」

今までのことをあっさり「遊び」と言われた葵は狼狽して思わず体を逃がしかけた。しかし、すぐに桐梧に腰を摑まれ、引き戻される。

未経験の葵だが、男同士がどこでどうするのかは知っていた。

そんなことが可能だとはとても思えないのだが、桐梧は容赦なく葵にそれを求めるつもりでいる。

「舐めろ」

「えっ?」

「おまえの口に、これを銜《くわ》えろと言ったんだ」

これ、と桐梧が視線をずらして指し示した股間のものは、すでに硬く張りつめて、凶器のようにそそり勃っている。

葵ははっきりと恐怖した。

その引きつった顔を見た桐梧が意地悪く笑う。

「どうした。早く舐めろ」

怖い、という言葉が喉元まで出かけたが、葵にはどうしても出せない。

自分を嫌い、軽蔑している相手にそんなことを言うのは、負けを認めることだ。どんな境遇に堕ちても、最後の矜持《きょうじ》だけは捨てない。それは葵が桐梧のもとに行くと決めたとき、再三再四自分に言い聞かせたことでもあった。

華族としての誇りだけは守りたい。

そのためなら、他のことはなんでもする。

葵は一度奥歯を噛みしめてから、桐梧の股間に顔を伏せた。

他人のものをこんなにはっきり見るのは初めてだ。立派すぎて、自分のものとはまるで違うもののようだ。口にも持て余すものを、これから体の奥に収めさせられようとしている。引き裂かれて死んでしまうかもしれない。

だが、いっそのことその方が楽なのでは、とも思う。この先ずっと弄ばれ続けるよりはいい。

そう考えれば少しだけ気持ちが解《ほぐ》れた。

桐梧のものは丁寧に石鹸で洗い清められていて、清潔な印象だった。

「もっと強く吸え」

含んでいるだけでも喉を塞がれ苦しいのに、桐梧は遠慮なしに葵にいろいろと注文をつける。ちゃんと舌を使え、同じところばかり舐めるな、付け根にも口を届かせろ。葵は生理的な涙を浮かべつつ、必死で桐梧の意に添うようにと努力する。そのうち顎が痛くてたまらなくなったが、まだ許してもらえる気配はなさそうだ。

下手くそめ、と葵の奉仕の拙《つたな》さを罵りながらも、桐梧の先端の割れ目はじわりと粘液を滲ませ始めた。

少しは感じているのだ、とわかった。

それは不思議な満足感を葵にも与えた。

この傲慢極まりない男が、自分のぎこちない行為に感じて、ときどき荒い息をつく。そして意外なくらい優しい指使いで葵の髪を梳《す》き、頭を撫で、「いい」と低い声で呟くのだ。

男の勃起を口に銜えさせられたりすることは、このうえない屈辱で、もちろん嫌悪も感じる。けれど、なぜだか情のようなものも湧いてきた。

葵は戸惑い、自分の気持ちの不可解さに苛立つ。

「もういい」

桐梧は何度目かの満ち足りた溜息をつくと同時に、葵の頭を押し退けた。

少し汗ばんだ額に落ちかかっている前髪を掻き上げながら、熱を孕《はら》み欲情している瞳で葵をちらりと見る仕草は、ドキリとするほど色気がある。

「今度はおまえの番だ。横になって足を開け」

横柄な口調も、頭の芯が痺れたようになっている葵には、ひたすら官能を刺激するだけのものだった。

なんだか自分が自分でなくなっているようだ。

微かな危機感は覚えたものの、どうしようもない。

葵は言いつけられたとおりに枕に頭を沈めて仰向けになり、気持ちばかりに両足の間を開く。

「勿体ぶるな。今夜もう何度も見せただろうが」

恥ずかしい言葉を投げつけられて、グイッと桐梧の手で大きく開脚させられた。

「いやだっ！」

頬が火照る。

桐梧の息が股間にかかる。

「あああっ、あっ」

熱い口の中に含まれた途端、葵は大きく体を仰け反らせていた。

そうやって腰を浮かせた隙に、桐梧は後ろにも指を伸ばしてきた。

「や……っ、いや、ううう っ」

過敏な先端にねっとりと舌を絡ませながら、長い指で窄《すぼ》まって怯えている襞を撫でられる。

「あっ、あっ、あ」

快感と不安に葵は噎《むせ》び声をあげた。

やはり逃れられないのだろうか。許してはもらえないのだろうか。怖い。

「もっと力を抜け」

一度前方から顔を上げた桐梧は、淡々とした調子で命じると、後ろを軽く弄った人差し指と中指を葵の唇に伸ばし、無理やり中にねじ込んできた。

「うう――！」

さっき桐梧のものを口淫していたときずっと気を遣っていたから癖がついていたのか、突然の仕打ちにも彼の指に歯を立てることはなかった。

「いい子だ」

桐梧は満足そうに葵を褒めると、口の中に溜まってきた唾液を二本の指にたっぷりと絡ませ、その濡れそぼった指をもう一度後ろに戻す。

「あの、僕……」

葵は涙に濡れた目で縋るように桐梧を見た。

「ひどくはしない」

桐梧にも葵の不安の大きさが伝わったのか、内股を宥《なだ》めるように手のひらで撫で、チュッと茎の根本にくちづけをする。

ひどくしないというのが本当かどうかはまだわからなかったが、それだけでも葵は少しだけ体から強張りを解くことができた。

そこを見計らったように、まず一本目の指が襞を掻き分けるようにして、ゆっくりとねじ込まれてくる。

「ひっ……あ……！」

狭い筒を押し開かれる異様な感覚に葵は腰を跳ね上げた。

「やめて、くださいっ、いや！」

「嫌ですむか」

今度は桐梧も甘やかしてくれず、冷たく言い捨てただけだった。

グッ……と指が奥の方まで入り込む。

葵はもう一度悲鳴を上げて、許しを乞うた。しかしそれもまた無視されただけだ。

こんな真似を許すなんて。こんな恥ずかしくも屈辱的なことをされるなんて。

感情が高ぶってきて、目尻から次々に涙の粒がこぼれ落ちる。止めようとしてもどうしても止まらなかった。まるで涙腺がこわれたようだ。こぼれた涙は枕に染みを広げた。

フン、と桐梧が鼻を鳴らして嗤《わら》う。

「おまえの主人は俺だ。俺一人だけを受け入れればいいのだと思えば、手塚たちにいいように扱われるよりがまんできるだろう。それとも、相手が俺だから悔しくて泣くのか？」

含まされた指で無理やり中を広げられながら聞かれても、葵は嗚咽《おえつ》を漏らすのが精一杯だ。

「気持ち悪いばかりじゃないのはわかってるんだ」

桐梧は最初から葵の返事など期待していないようで、勝手に喋る。

空いている手で前方を握り込み、巧みに扱かれた。

「あああ」

前を弄られると、たちまち激しい快感が頭のてっぺんから足の爪先まで走る。先端の割れ目が淫らに濡れているのは、当てこするように桐梧がぬるぬるした感触を頭部全体に塗り広げてみせるので明らかだ。

「おまえには十分淫乱の素質があるようだな、葵」

「やめろ、そんな！」

我を忘れて叫ぶときは、とても上品な言葉遣いではいられない。

桐梧にはそれもまた面白いらしかった。

あくまでも身分の高い貴公子としてお高くとまっている葵と、自分に遜《へりくだ》り、尽くそうと歯を食いしばって堪える葵。その異なる二つが一人の人間の中でせめぎ合うようすを見るのが楽しいのだ。

「おまえは——結構かわいいかもしれない」

まんざらでもなさそうに、桐梧が洩らした。

頭の下から枕を引き抜かれる。

不意打ちを食らってシーツに落ちた頭を、桐梧はびっくりするほど優しい手つきで撫で、濡れた瞳をじっと見つめてきた。

「そんなに高い買い物でもなかったようだ」

葵にはもはや桐梧を押し退ける気力は残っていなかった。

頭から抜いた枕が、腰の下にあてがわれた。

「ああっ！」

あまりの屈辱感に葵は両腕で顔を覆い隠した。

まるで襁褓《おむつ》を替えられる赤ん坊のような姿を取らされたのだ。

「目を開けて俺を見ろ、葵」

無情にも桐梧が葵の腕を払い除け、軽く頬を叩いて目を開けさせる。

葵は濡れてぼやけた視界で、桐梧の憎らしいほど精悍《せいかん》な顔を睨み返した。最後の、本当に掛け値なしに、最後の矜持だった。

そんな顔がまだできるのか、おもしろい、というように桐梧が口角を吊り上げる。

奥をまさぐる指はいつのまにか二本にされていた。

嫌らしく湿った音と、寝台の軋む音に、葵は耳を塞ぎたくなる。

だが何より許し難いのは、ときどき物凄く感じてしまう部分を擦られるたびに唇を衝いて出る、自分自身の艶めいた嬌声だ。

「覚えておくがいい」

内部を蹂躙し尽くした二本の指が、ずるりと抜かれた。

代わりに、萎えた気配など微塵も見せずに猛り狂っている股間のものをあてがわれる。

葵はすでに、半ば意識朦朧《もうろう》となっていた。桐梧が葵に施した愛撫は、初めての身には濃厚すぎたのだ。くちづけすらも初めてだったのに、唇を触れ合わせるやいなや舌を差し込まれた時点から、葵には驚愕と恐怖、そして受け止めきれない快感の嵐だった。

「これが身を売るということだ」

指とは比べものにならないくらい硬く大きなものが、襞を無理やり外側から開かせ、押し入っ

てくる。

「あああーっ、あああっ、あっ……ううう」

圧倒的な力で狭い筒を開いて奥に進んでくる熱いものは、葵を惑乱したように泣き喚かせた。

最初はシーツを握り締めて堪えていたが、すべてを無理やりにも思える強引さで葵の中に埋めた桐梧が、葵の両脇に腕を突いて体を支え、腰を支点にしてぐっぐっと遠慮のない突き上げを開始する。葵はたまらなくなって彼の逞しい腕に縋りつき、体をのたうたせた。折り曲げて大きく開かされた両足を、桐梧の頑丈な腰に絡ませる。少しでも閉じようとしたりシーツに下ろそうとしたりすれば、桐梧が抱え上げ直すのだ。逃れられないのなら、せめて縋るところが欲しかった。

恥ずかしさを感じる暇もなく、葵は奥を責められて、桐梧に強いられるまま、さんざんはしたない言葉を口にした。

桐梧はさぞかし満足したことだろう。

おまえはかわいい。綺麗だ。

耳元に何度となく囁かれた。

そんな科白《セリフ》は興奮を高めるためだけの戯《ざ》れ言《ごと》に違いなかったが、ふとした拍子に桐梧が真剣な目をするので、一瞬錯覚しそうになることもあった。

淡い茂みの中で苦しげに張り詰めていたものは、奥を責められている途中で、桐梧のゆるやかな手淫を受け、あっさりと禁を解いた。興奮して熱を帯びている肌に、自分自身の生温かな雫が飛び散る。

「ずいぶん飛ばしたな」

「やめて。もう、もうやめて」

「だめだ」

桐梧は緩めていた突き上げを少しずつ激しくしていきながら、飛沫を指で肌に擦りつけていく。胸の粒にもそうされたとき、葵はゾクリと体を震わせ、無意識に筒を締めていた。そうすると中にいる桐梧がますますはっきりとわかる。

「ううっ、う」

「もう限界か。仕方ない。そろそろ終わってやる」

最初の夜から壊してしまっては元を取れないなどと酷い言葉を吐きながら、桐梧は労《いたわ》るように汗ばんだ顔を平手で撫で、熱を確かめるような仕種をみせた。よほど顔が紅潮しているのだろう。体中が燃えるように熱くて気怠かった。

「昨夜は、よく眠れなかったのか？」

なにを今更。

葵は腹が立ってそっぽを向いた。

この男は優しいのか酷いのか、本当によくわからない。

ギリギリまで抜いたものを勢いよく突っ込んでくる。

「そう拗ねるな」

「あああ！」

激しさを増して最後の極みを迎えようとする非情な腰の動きに、葵は悶絶した。

今は辛いだけでも、すぐにこれを欲しがって泣くようになる。桐梧は傲慢にもそう決めつけた。

まるで葵を苛《さいな》む行為を正当化するかのようだ。悔しい。絶対にそんな恥知らずなことをして桐梧を喜ばせたりするものか。葵はそう自分を戒《いまし》める。

途中、何度か意識が遠のき、ところどころを覚えていない。

葵の奥に桐梧が夥《おびただ》しい量の熱い迸《ほとばし》りを浴びせて果てる。

狭い筒をぐっしょりと濡らされる異様な感触に、葵は悲鳴を上げてのたうった。

桐梧もぶるぶると腰を震わせ、色気の滲む吐息を漏らすと、そのまま葵の体をきつく抱き竦めた。

興奮から醒めないのか、逞しい胸が大きく上下する。

汗に濡れた肌をぴったりと触れ合わせる感覚が、葵を変にする。はねのけるべき男だというのに、得も言われぬ情を掻き立てられ、自分から桐梧の背中に腕を回して抱き寄せてしまったのだ。

「葵」

桐梧が切羽詰まったように夢中になって唇を奪ってくる。

強引さとは裏腹に、桐梧がしたのは口唇を啄《ついば》むだけのかわいい行為に終始するくちづけだった。

深いくちづけをするには彼の息はまだ乱れすぎていたからだろう。

「……葵」

くちづけの合間に名前を呼ばれた。

粘膜を接合させては離すくちづけを、飽きずに繰り返す。

これは案外気持ちがいい。——こんな優しいくちづけなら、好きかもしれない。ぼんやりそう思った
「俺に何か言いたいことがあるなら、ひとつだけ聞いてやるぞ」

満足させた褒美だとでもいうつもりだろうか。

くちづけで夢見心地の気分にされた葵の頭は、疲労と眠気を伴って、まともには働いていなかった。

手足が重く、体全体がシーツに深く深く沈み込むような気がする。

「なにも」

「よく考えろ。俺がこんな気分になるのは、後にも先にも今夜限りかもしれないぞ」

しかし本当に今は何もないのだ。
というより、考えることを頭が放棄している。
体にバサリと冷たい布地がかけられた。
シーツの感触とは違う。
絹地の振り袖がふと脳裏に浮かんだ。
「もう、女物の着物を着せられるのはごめんだ」
夢うつつ状態で拗ねたように呟いた気がする。
そうか、と桐梧が面白そうに苦笑いしながら返事をしたかもしれない。
「結構似合っていたのに、それは残念だ」
体がふわりと宙に浮くような感覚があった。
そこから後のことは、まったく記憶していない。

窓掛けの隙間から朝日が差し込んできて、それが葵の顔にまで届いたとき、唐突に目が醒めた。見知らぬ天井が目に飛び込んでくる。

白い漆喰《しっくい》の、折り上げ式天井だ。装飾性のない、いかにも実用的な照明器具が中央にぶら下がっている。四畳半程度の真四角な部屋だった。

葵はゆっくりと体を起こした。

寝ていたのは、狭くて硬い寝台で、記憶にない寝間着《ねまき》を着せられている。昨夜、風呂上がりに自分で着た浴衣でもなければ、もちろん振り袖でもない。

振り袖のことを思い出した途端、葵は全身をカアッと熱くした。

桐梧に凌辱され、あられもないことを口走って泣きじゃくりながら果てた記憶が甦る。それよりもっと生々しいのは、彼の欲望を腹の中に注ぎ込まれた感触だ。

恐る恐る腰を動かしてみる。

無理やり引き伸ばされて、抜き差しのたびに酷く擦られた入口は腫れたように痛む。体の奥にも鈍痛があった。意識すればするほど、まだ桐梧を銜え込まされている錯覚が生じる。もしやまだあれが筒の中に残っているのでは、と恐々としながら床に足を下ろして立ち上がってみた。

しかし、足が萎えたようになっていて、すぐにがくりと膝から冷たい床に崩れ落ちた。

屈辱に歯を食いしばる。

負けるものか、という気概だけで、無理をして寝台の縁に掴まりながらもう一度体を起こした。

今度はどうにか立っていられる。

心配したような、滴りが奥から内股に伝い落ちてくるような惨めなことにはならなかった。だがそれはよく考えてみると、桐梧か、あるいは他の誰かが始末してくれたということだ。親切だったのか、意識のないうちに更なる屈辱を味わわされただけだったのか、微妙なところだ。考えてもしかたがないと、葵は頭を振った。

膝まであるふわりとした洋風の寝間着の下は裸で、このままでは部屋から出られない。まず服を探さなければ。葵は昨日ここに来るとき、少しだけ衣装を持ってきた。玄関を開けて出迎えてくれた執事に荷物を預けたのだが、その後どうなったのか。

狭い部屋に置かれている家具は、寝台と五段重ねの和箪笥ひとつだった。

引き出しを全部開けてみると、真ん中の一番取り出しやすいところに、木綿《もめん》のシャツとズボン、それからチョッキが畳まれているのを見つけた。下穿《したば》きと靴下まで揃っている。これ以外には何もない。それらは部屋同様に、決して贅沢ではないが、清潔なものだ。

自分の服ではないので葵はかなり長い間躊躇った。寸法は合うようだが、これを着てもいいものなのか。

そこに、トントン、とドアを叩く音がする。

葵が返事をすると、「失礼します」と礼儀正しく断りながら、執事が入ってきた。

「そろそろお起こししようかと思っておりました」

葵が彼に自分の荷物のことを尋ねると、荷物は桐梧が処分させた、という思いもかけない返事が返ってきた。葵は愕然とするのと同時に、桐梧の勝手さに腹が立った。たいして贅沢な服を用意してきたわけではなかったのに、それすらも今の葵には分不相応だということなのだろうか。

自分のものが何ひとつなくなってしまった。その事実が葵の気分を重く沈ませた。

結局、葵は桐梧が自分のために用意したらしい引き出しの中の服を着て身支度した。

まだ腰は重苦しく痛み、立っているのもやっとだが、絶対に弱音は吐かないと決心する。

食事室でまた一人きりの朝食を済ませると、桐梧の書斎に上がった。

昨夜屈辱を受けた桐梧の寝室と繋がっている書斎になど行きたくなかったが、桐梧が呼んでいるからと執事に促されたのだ。

桐梧は書き物机に座って、サラサラと書類にペンを走らせていた。

まるで昨夜の出来事を巻き直して再現しているような奇妙な感覚に陥りそうになる。だが桐梧の服装は昨夜と少し違うし、書いているのも手紙ではなく、もっと大判の契約書か何かのようなものだ。

「今何時だか知っているか？」

ペンを止めずに桐梧はぶっきらぼうに聞いてきた。

遅くまで起きてこなかったことを咎めているのだ。葵は、誰のせいだ、と言い返しそうになったが、立場を思い出して口を閉じた。

「明日からはあと一時間は早く起きてもらおうか。仕事は山積みだからな」

「なにをすれば、いいのですか」

葵にできることなど読み書き程度のものだ。しかしまさか桐梧がそういう仕事を手伝わせてくれるはずがない。

案の定、桐梧の答えはそんな生易しいことではなかった。上げ膳据え膳の生活しかしたことのない葵のこれまでの身分を、完全に否定するものだったのだ。

「お華族の若さまだったからといって、夜の相手を勤めるだけで手厚くもてなされると思ってはいないだろう。おまえにもできる仕事をいくつか与えるから、せいぜい宿代と飯代程度には働いてもらおうか」

「……はい」

「市橋におまえのことは任せてある。彼の言うことは俺の命令だ。決して口答えしてはならない。いいな？」

桐梧は顔を上げもせず淡々と話す。

「わかりました」

「わかったならさっさと行け」

桐梧は昨夜の行為そのものについてはまったく触れず、葵の体の調子を気にかける素振りなど微塵も見せなかった。それどころか、一度もペンの動きを鈍らせることすらしなかったのだ。

特に何かを期待していたわけではなかったはずだが、葵は憂鬱な気持ちになった。

あれほど熱く求めたくせに、まるで何もなかったかのように振る舞うとは。もちろん下手にいろいろ言われて恥ずかしさをぶり返されるのも嬉しくないが、まるで無視されるとそれはまたそれで屈辱的に感じる。自分でも今ひとつ気持ちが不確かだった。

葵は気怠い体を引きずるようにして執事の姿を探し歩いた。

速見邸は高塔の屋敷より手狭ではあったが、それなりに部屋数がある。ここを彼一人で切り盛りするのはなかなか苦労に違いない。それでも邸内はどこもかしこも丁寧に磨き抜かれ、整然として、清潔さを保っていた。

執事は庭にいた。

花壇で朝の水やりをしていたようだ。

「ではまず、二階の廊下を拭き掃除してもらいましょうか」

拭き掃除など初めてだったが、葵はやり方を教わると黙ってバケツに水を汲みに行った。

寒い戸外で庭掃除をしろと言われるよりは楽かもしれないと考えたのは、ほんの束の間だ。井戸のポンプを押して汲み上げた水は指が千切れるほど冷たい。雑巾はよく洗って固く絞るようにと念を押されていたので、葵は最初から躓《つまず》きを覚えた。

二階には桐梧の書斎もある。

桐梧は一度部屋から出てきたが、葵が指を真っ赤にして廊下に這い蹲《つくば》り、拭き掃除している姿を一瞥したものの、まるで見えていないかのように無視して、階段を下りていった。十五分ほどして戻ってきたときも同じだ。

「もう少し力を入れて、磨くように拭くんです。ただ床を水で濡らすだけでは意味がありません」

容赦がないのは執事も同じだった。

昨日は優しい人だと感じたのだが、仕事となるととても厳しく、熱心で、妥協をしない。

何を言われても葵は従順に頷き、やり直した。

やっと執事から「そんなところでいいでしょう」という言葉をもらえたときには、とっくに正午を過ぎていた。葵の腰はかつてないほどの痛みにギクシャクしており、力を入れ続けた両腕や肩、背筋まで、硬く強張ってしまっている。真っ赤に腫れて冷たくなった指は、自分でも別人のもののようだと思う。

昼食を挟んで、次は窓の桟《さん》拭きを言いつかった。

重いバケツを持って移動しながら、すべての部屋の窓枠を綺麗にして回る。体が本調子でない葵には、たったこのくらいの仕事でも負担が大きい。体がいつまでたっても重苦しいのは、微熱があるせいに違いない。昨夜のことで精神と肉体が強い衝撃を受け、まだ立ち直れていないのだ。そのために発熱しているのだろう。

書斎に入っていくときには、中で桐梧と顔を合わせることにとても緊張したが、桐梧はいなかった。広い書き物机の上はきちんと片付いている。外套掛けに引っかけてあるはずの外套とステッキが見当たらない。どうやら葵が知らない間に出かけたふうだ。

ちょっと拍子抜けしたが、いてくれなくて幸いではあった。

ここと続きの寝室には、桐梧の匂いが残っている。彼がつけている香水の残り香だ。それが漂う空気を吸っていると、まざまざと昨夜の記憶が呼び起こされる。まだ抱かれた感触を肌が覚えていた。

ずくっと体の奥が疼く。

朝から感じている鈍痛とはまた別の感覚だ。

寝室の広い寝台は、すでに情事の痕跡などどこにも残さず綺麗にされていたが、窓の桟を拭いている間中葵はそちらに視線を伸ばしては、動悸に胸を苦しませた。

今夜も桐梧は自分をここに呼ぶのだろうか。

そしてせいぜい慰み者にしたら、四畳半にある寝台に戻れと冷たく突き放すのだ。

それを期待しているのか恐れているのか、曖昧《あいまい》だった。

葵にわかるのは、自分は桐梧に抱かれるのが、想像していたほどには嫌ではなかったらしいということだけだ。少なくとも、手塚と沼田にあんなふうに体中を弄られるのより、数倍ましだったのは間違いない。

そう考え、自己嫌悪に陥った。

窓の掃除を終えると、もう外は暗かった。

十一月もあと何日かしか残っていない。日没は一日ごとに早くなっていく。

執事は台所で夕餉《ゆうげ》の支度をしていた。

葵が「終わりました」と報告に行くと、前掛けで濡れた手を拭きながら、ちょっと厳しい視線をくれる。

「ずいぶんと時間がかかりましたね」

「すみません」

「……まぁ、いいでしょう」

次には打って変わって柔らかな声で言われたので、葵は伏せていた目を上げた。

執事の目が「よくがんばりました」というように笑っている。

「手をお貸しください」

「え？」

葵が戸惑っているうちに、執事は食器棚の上に置いてある常備薬の入った木箱を下ろし、中から取り出した缶入りのクリームを葵の手に塗ってくれた。

「こんなことをされたのは初めてだったのでしょうね、葵さま」

「はい」

「辛かったですか」

少し迷ったが、いいえと否定した。

辛いのは辛かったが、こんなに充足を感じた一日というのは、そう滅多にあるものではない気がしたからだ。

執事は葵の返事に深く頷くと、居間で休憩するように勧めてくれた。

体中が疲弊《ひへい》していたので、葵は素直に執事の言葉に甘えることにした。

しばらくすると、執事が紅茶まで運んできてくれた。完全に使用人扱いされているわけではないのが、葵を戸惑わせる。どんなふうに接していけばいいのかわからない。執事とも、桐梧ともだ。桐梧のことをどう呼べばいいのかも、ずっと決めかねていた。もっとも、それほど話をする機会もなさそうではある。

暖炉《だんろ》の火が心地よく燃える部屋の、柔らかな長椅子で紅茶を飲んでいるうちに、葵の瞼は重くなってきた。

執事に揺り起こされ、うたた寝から目覚めたときには七時を過ぎていた。

夕食を、と言われて、また食事室で一人きりのまま済ませた。桐梧はいつ食べているのだろう。外出先から帰ってきているのかどうかさえわからない。

「旦那さまからご伝言で、昨夜のように湯浴みされましたら書斎に来るようにとのことです」

どうやら、帰ってきてはいるようだ。

葵は小さく喉を鳴らすと「わかりました」と返事をする。

執事は葵がなぜここに来たのか、もちろん承知しているのだ。今更ながら恥ずかしくなる。

急に熱が高くなったようだ。

体の疼痛もいっそう強く感じられてきた。

今夜また奥を押し開かれて、桐梧の太くて長いもので突かれるのだろうか。

壊れてしまうかもしれない。

けれど拒絶することなど許されず、大きく足を開かされて、桐梧を自分から誘わなければならないのだ。

屈辱にまみれながらも、確かに淫靡な快感が交じる瞬間がある。

痛みより快感が強くなれば、きっと桐梧の思う壺《つぼ》なのだ。恥も外聞もなく自分から腰を振って縋りつき、桐梧のものに舌を這わせて、これをくださいと泣く。考えるのもおぞましいが、いつかそうなってしまう予感がする。

憎まれながら体だけ慣らされる関係ほど残酷なものはない。

葵はあらためて、心だけは桐梧の自由になるまいと決めた。

まだ誰かを愛した経験のない葵には、桐梧とのことをそうやって割り切るしかなく思えたのだ。

「綺麗に洗ってきただろうな？」

揶揄《やゆ》するように見据えられて、顎を引かれる。

葵は口元を微かに震わせながらやっとのことで頷いた。羞恥に思いきり叫び出したくなるのを抑えて素直な振りをするのは、とても難しいことだった。桐梧は葵の反応を愉しんでいるのだ。

「じゃあ見せてもらおうか」

桐梧の言葉には当然の権利とでもいいたげな断固としたものがあり、葵の気持ちなど僅かも思いやるつもりがなさそうだ。人形に羞恥心などあってはならないのだろう。そう思うと心が冷えた。

寝台の方に向けて肩を押される。

葵は今朝脱いだのと同じ寝間着姿だった。立ち襟の、胸元で切り替えられているゆったりしたもので、途中までボタンがある。頭から被って着るものだから、桐梧が満足するように下半身を見せるには、裾を腰までたくし上げるしかない。脱げ、とは言わないところに、彼特有の意地の悪さを感じる。

今夜は寝室に安楽椅子がひとつ運び込まれていた。

桐梧はそれに悠然と腰掛け、葵の媚態をすべて眺め尽くすつもりなのだ。

「寝台の縁に座って両足を上げてみせろ。奥まで全部俺に見えるようにして誘うんだ」

なぜまともに抱くだけでは飽き足らないのだろう。

本来は男など相手にしないと言い張るのなら、伯爵家を助ける代わりにもっと違った条件を出せばよかったのだ。もしくは、放っておいてくれてもよかったのに。

葵は悔しくて泣き出しそうになった。

「早くしろ。俺はそれほど気長な性格じゃない」

葵は苦しげな吐息をつき、まず両足を胸につくまで折り曲げて寝台の上にのせる。それだけでも膝丈しかない寝間着から白い足が剝き出しになるのだが、更なる要求に応えなければ許されない。

少しずつ寝間着の裾を手前に手繰《たぐ》り寄せ、完全に太股まで曝すと、じわりとくっつけていた足に隙間をつくった。

体の奥にひんやりとした冷気が触れ、葵は恥ずかしくてたまらなくなった。

「……もう、いい、ですか」

「もっと開け」

葵はごくりと息を呑み込んだ。

酷い男、と目頭が熱くなる。

硬く目を閉じて顔を背けたまま葵が震える足を限界まで開くと、桐梧がようやく安楽椅子から離れる気配がした。

靴音をさせて近づいてくる。

目を開けろ、と命じられないのを幸いに、葵はそのまま何も見ないでいた。

「ふん、少し腫れているな」

覗き込まれて医者のような口調で言われる。葵は一気に顔を赤くして、太股を閉じようとした。

「まだだ！」

鋭い叱責が飛ぶ。

ナイトランプを載せた小さなチェストの引き出しが開かれ、カタリと中から何かを取り出して、上に置く音がした。

桐梧がすぐ傍らで腕を動かす気配がする。彼の香水は昨夜と同じものだった。

ふいに両の内股の付け根を指二本でグイと開かれ、昨夜苛め抜かれてふっくりと腫れている窄まりに、冷たい軟膏《なんこう》が塗り込められる。

「うう……」

痛みに葵は顎を仰け反らせた。

内側にまで薬を塗り込まれるのだが、その指を一本潜らせるだけでも相当な苦痛がある。患部を手当てする目的とはべつに軽く中を弄られると、葵は痛みとむず痒い快感に、中途半端な声を細く上げ続けた。

「辛そうだな」

指が抜かれる。

葵はようやく目を開き、目の前に屈み込んだ桐梧が、用意してあったタオルで指を拭うさまをぼんやり見た。

「今夜は勘弁して欲しいか?」

葵の足を床に下ろさせ、骨張った膝を両手のひらでマッサージするように撫でながら、桐梧が思いがけないことを聞いてきた。

「はい」

ここで虚勢を張っても仕方がない。葵は桐梧を縋るような瞳で見上げた。

許されるものなら、もちろん許されたかった。

「なら、唇で俺を満足させろ」

ただでは解放してもらえないということくらいわかっていたので、葵は驚かなかった。当然そう求められると踏んでいたのだ。

「接吻からだ」

葵はそっと桐梧の肩に手をかけて身を乗り出し、片膝を立てて床に座り込んでいる桐梧に自分から唇を合わせた。

厚みのある唇に内側の粘膜を押しつけるようにしてくちづけをする。

桐梧の手が葵の膝から離れ、掻き抱くように背中に回されてきた。

「あ、んん……」

そのまま腰を抱かれて立ち上がらされる。

身長差があるので、桐梧にしがみつくような形でくちづけを続けた。

最初は触れ合わせていただけの唇を薄く開き、同じように誘いかけるような隙間をつくっていた桐梧の唇を割る。恐る恐る忍ばせた舌は、待ち構えていた性急さで桐梧の舌に搦《から》め捕《と》られ、口の中に深く引きずり込まれた。

「うう」

溢れた唾液が口角から顎に滴る。舌を捕らえられているので、飲み込めないのだ。

くちづけだけでも頭の芯が痺れだす。何も考えられなくなっていく。

気がつくと、寝台に押し倒され、のしかかられていた。

すでに主導権は桐梧に移っている。最初は葵に任せるつもりだった桐梧も、不慣れで焦れったい行為に苛立ち、自分が葵を導くことにしたのだろう。

これから毎晩こんなふうに抱かれるのかと思うと、葵は自分がとてつもなく淫らな人間になってしまいそうな気がした。こんなに節操なく快感を受け入れるとは、自分でも思っていなかっただけにショックだ。

長いくちづけの後、桐梧は枕を背当て代わりにしてヘッドボードに凭れ、無造作に放り出した足の間に葵を腹這いにならせた。

葵は桐梧に顎をしゃくられて、彼のズボンの前を開く。

すでに勃起していることは布地の膨らみ具合からわかっていたが、窮屈なところから取り出した途端に弾みをつけて葵の唇にぶつかってきた桐梧のものは、完全に育っていた。

一度目よりは二度目の方がたじろがずにすんだが、これを口に含むのは大変難儀だ。歯を立てないように一生懸命気をつけて唇を窄めて吸引し、ときどき舌で擽《くすぐ》るので精一杯である。

まだ下手なのは桐梧もわかっているから、言葉にして責めはしなかったが、たまに焦れて腰を突き上げてくるので、そのたびに葵は喉の奥を突かれ、情けない苦鳴を上げてえづいた。

顎がガクガクしてきて、もうこれ以上は無理、と思う頃、桐梧が満足しないまま葵の顔を押し退けた。濡れてますます淫靡な印象になったものを、桐梧は自分の手で扱き、最後の頂点を登り詰めていく。

いく寸前に葵は再度唇を開かされた。

桐梧の意図がわからず無防備になった葵の口の中に、白濁とした液が注ぎこまれる。

「いやだっ……！」

顔を背けようとしたが遅かった。

吐き出すことも叶わずに、大部分を嚥下《えんか》してしまう。

苦い味が口いっぱいに広がる。

「上出来だ」

呑みきれずに唇の端から零れた液を指の腹で拭い去りながら、桐梧がしゃあしゃあと褒める。

「触るな！」

葵はあまりの屈辱感に、桐梧の手を叩いて払いのけた。

涙目で睨みつけたが、桐梧には痛くも痒くもないようだ。葵にどう思われようが構わないとばかりに肩を竦めただけである。

「いい加減その生意気さを矯正させた方がいいのかな、葵？　いつまで伯爵家のお坊ちゃんで通すつもりだ？」

「そんなつもりはない。ないけれど、あなたは酷すぎる」

否定しながらも葵は図星を差されたようで狼狽した。もう以前とは立場が違う。かといって、何をされても笑って許せるものでもないのだ。

「断っておくが、俺がおまえをどう扱おうと、おまえに俺を酷いなどと非難する権利は髪の毛ひと筋分もないんだぞ」

頭では承知していても、桐梧の口から居丈高に言われると、憤りが込み上げる。桐梧が憎かった
「もういい。出ていく！」

「行かせるものか」

寝台から下りようとした葵の腕を桐梧が乱暴に引っ張る。

「ああっ」

葵の細い体は反動でシーツに引き倒され、あっというまに桐梧にのしかかられて逃れられなくされた。

「この程度の屈辱を受けたくらいで逃げ出されてはかなわないな。おまえには莫大な金をつぎ込んでいるんだぞ。小狡い手塚におまえから完全に手を引かせるために俺が支払った金額は、伯爵がつくった全借金の三分の二にも当たるんだ。肝に銘じておけ」

さすがに葵もこの事実の前には、逆らう気力を萎えさせた。

桐梧にそれほどの散財を強いているとは思っていなかったのだ。

「もう一度出ていくなどと言ってみろ。背骨をへし折って一生寝台に縛りつけてやる」

凄みのある声で桐梧が言った。

葵はごくっと喉を鳴らし、怒りに満ちた桐梧の鋭い目を弱々しく見返した。

「――俺の傍から逃げないと誓え、葵」

桐梧が執拗に言い募る。

酔狂や道楽ではない真剣さを感じて、葵も生半可でない覚悟を求められた気持ちになった。

「…逃げない。僕はあなたの傍から逃げない」

ようやく葵の体を押さえつけていた腕の力が緩む。

葵はゆっくりと体を起こした。先に寝台を下りた桐梧は、自分の取った行動の激しさに、自分で困惑しているように見えた。片手のひらで顔を覆い、立ち尽くしている。

「だんな、さま」

言い慣れない言葉をやっと絞り出すようにして声をかけると、「桐梧だ」憤慨した口調で切り返された。

「桐梧さん」

葵はもう一度言い直した。気恥ずかしかったが、旦那さまと呼ぶよりは楽だ。

「今夜は部屋に戻って寝ろ」

ここは逆らわない方がいい。

桐梧の不可解な態度は気になるが、早くひとりになりたかった。葵がいると彼は更に自分を取り戻せなくなる気がした。

「……おやすみなさい」

挨拶だけして廊下に出る。

なぜだか葵の胸は、きゅっと引き絞られるような苦しさを訴えていた。

四畳半の部屋を出るように言われたのは、速見邸に来て四度目の朝を迎えたときだった。

それまでと同じように身支度して階下に降りると、桐梧が食卓に着いて新聞を広げながら珈琲《コーヒー》を飲んでいる。葵は意外さを隠せず入口で立ち止まってしまった。

桐梧とはこれまで一度も一緒に食事をしたことがない。毎朝六時半に朝食の席に着いていた葵より、桐梧は更に早く済ませていたのだ。その後は基本的に書斎にいたり、会社に出かけていたりして、昼食も夕食も別々なのが当たり前だと思うようになっていた。

どうしたのだろう、今朝に限って。

しかも、いつもと違っているのはそれだけではない。

「おはようございます、葵さま」

台所から葵のための食事が載った皿を運んできたのは、初めて見る中老の婦人だ。そして庭先に目を転じれば、もう一人掃き掃除をしている若い女中の姿もある。

この屋敷に勤めているのは執事だけだと思い込んでいたが、どうも二人のようすを見ていると、今朝から突然雇われたふうではない。

葵が首を傾げていつまでも席に着かずにいると、目障《めざわ》りに感じたのか、桐梧が声をかけてきた。

「突っ立ってないで座ったらどうだ」

相変わらずぶっきらぼうな口調だったが、桐梧は、葵が驚いたことに溜飲を下げている。

そして、葵が桐梧の傍の椅子を引いて腰かけたとき、早速部屋の話が出たのだ。

「俺の書斎の隣にもう少し広くて使い勝手のいい部屋が余っている。食事が済んだらそこに移れ。今日からはもう家事の手伝いはしなくていい」

いきなりすぎて頭がついていかない。

葵は眉根を寄せ桐梧の感情を表さない顔を凝視する。

「家政婦たちが今日から通常通りこの屋敷の世話をする。おまえは用無しだから、俺と一緒でない時間は、新しい部屋で書物を読むなりお茶を飲むなりして、好きに過ごせ」

にわかには信じられなかった。

桐梧は決して葵を甘やかさないと思い込んでいたのだ。葵もようやく体を動かして働くということに慣れ始めたところだった。

水仕事がいかに辛いものなのか、塵《ちり》一つない部屋を保つにはどれほどの苦労がされているのか、葵はここに来て初めて理解できた。伯爵家で何不自由なく暮らしていた頃には気がつきもしなかったことを身をもって思い知らされ、目から鱗《うろこ》が剝がれ落ちた気分だった。

二度と使用人につまらない愚痴を言ったり、自分の腕を少し伸ばせばすむことまで頼んだりしないように心がけよう。そう決心し、これまでの自分の態度を反省してもいた。もっとも、この先葵が使用人を使えるような身分に戻ることなどないに違いない。そう思っていたから尚更、桐梧の話に驚かされた。

「おまえの白い指が荒れるのを見るのは俺も本意ではない」

桐梧が言い訳のようにポツリと付け足す。

葵は思わず自分の指に視線を落とした。

確かに葵の指は、たった三日間で荒れていた。冷たい水を扱わなければならなかったし、重いバケツを持ったり雑巾を固く絞ったりするのにもそれなりの力がいる。ひと冬これが続けば、きっとあかぎれやしもやけができたことだろう。

「あの」

葵は勇気を奮いたたせると、ずっと新聞に向けられたままの桐梧の横顔に声をかける。

「ありがとう」

礼を述べたことに対して桐梧からの反応はなかったが、「冷めるから早く食べろ」という、まるで気恥ずかしさを誤魔化すような言葉はあった。

最初こそ戸惑いが先に立ったが、これが毎日の過ごし方だと割り切れば、葵は働くことになんの不満も持っていなかった。部屋も与えられた四畳半で少しも構わないと思っていたのだが、桐梧の気遣いはやはり嬉しい。

葵のことなど、欲情の捌《は》け口としか考えていないのだと思っていた。

けれど実際は指のことまで心配してくれていたのだ。

桐梧が無視せずにちゃんと自分を見ていてくれたことが、何より葵の気持ちを明るくさせた。

不思議なものだ。自分にひどいことを強要した男なのに。

初めて同じ食卓についたが、結局それ以上はたいした会話もなく終わってしまった。桐梧は黙々と新聞を読み耽《ふけ》り、葵の方にはちらりとも視線を向けなかった。食事を終えた葵が先に席を立っても、まだ珈琲を片手に新聞を読んでいる。

後ろ髪を引かれる気分で食事室を出ると、執事が新しい部屋に連れていってくれた。

今度は、立派な家具が揃ったとても美しい部屋だった。寝台には天蓋《てんがい》までついている。機能優先で寝られればいいという雰囲気の桐梧の寝室より、居心地よく整えられているかもしれない。

葵はすぐにここを気に入った。

「三日間、本当にご苦労さまでした」

執事が改まった態度で葵に深々と頭を下げる。

「そんな」

葵は困惑してしまった。

「僕は、身分は高いけれど、その実何も持たないただの男だから。実際のところ、昨日までのように働かせてもらった方がよほど分相応なくらいだ」

卑屈な気持ちからではなく、自然とそんな言葉が出てきた。

執事はにっこりと微笑んだだけで特にどうとも答えない。足りないものがあれば小間使いに頼んでくださいと言い置いて、ドアを閉めて出ていってしまった。

一人残された葵は足の向くままに室内を歩き回ってみた。

こちらの部屋は本当に広い。今朝起きてきたばかりの四畳半のゆうに三倍はある。白く塗られた上に金メッキで美麗な装飾が施された衣装戸棚には、何着も洋服が提げられている。試しにいくつか手にしてみれば、すべて葵の体にぴったりだ。いったいいつの間にこんな準備をしたのか、少しも気付かなかった。

桐梧は変わった男だ。

ふかふかの寝台に身を投げて俯せになると、葵は深い吐息をつく。

葵を憎んで嫌っているのではなかったのだろうか。世襲華族の無能な男、と蔑んでいたはずだ。だから毎晩欠かさず寝室に呼びつけて、淫らに喘ぐ痴態を見たがったのではなかったのか。

桐梧のことに想いを馳せると、葵の体はたちまち熱っぽくなる。体の奥からはゾクゾクする感触が生まれてきて、ぶるりと身震いが起きてしまうのだ。

葵は寝台の上掛けを握り締めて、この淫靡な感覚をどうにかやり過ごそうとした。

——淫らなやつめ。

桐梧が耳元で葵を罵ったときの声が頭の中にまざまざと甦る。前を濡らしている。後ろを食い締めて貪欲に貪った。胸の粒をこれみよがしに膨らませて弄られたがっているようだ。くちづけして欲しそうな顔をしている。淫らと決めつけられる理由はさまざまだが、どれもこれも身に覚えがあって否定できない。

言葉で嬲られて辱められると、心が傷つくのとは裏腹に体は高揚する。淫らと言われたら、確かに淫ら極まりない。

こんなふうになってしまったのは桐梧のせいなのに。

葵は桐梧を知るまでは、正真正銘、無垢だった。

最初に葵を裸に剝いて貪ったのは桐梧だ。唇を奪われたのすら初めてのことで、のっけから遠慮のない深いくちづけをされたときには、息が苦しくて気が遠くなりかけたほどだった。自分の指で触れるのも憚《はばか》られる場所を蹂躙し、感じる部分を見つけだしてから、痛みと快感で性に未熟な葵を惑乱させたのも桐梧である。

それを棚に上げて、まるで葵が一人で淫乱に振る舞っているような言い方をするのは、あまりにも理不尽に思えた。

悔しい。

やりきれなさに葵はおもむろに体を起こすと、寝台から下りた。

一人でここに籠もっているから、こんなよけいなことばかり考えてしまう。

階下に降りれば人もいるし、もしかすると葵にも何か手伝えることがあるかもしれない。葵は部屋を出た。

執事は書庫にある大量の書物のことを教えてくれて、自由に持ち出して読んでもいいと桐梧が言った旨を伝えてくれていたが、葵はそれよりもっと、他のことがしたかったのだ。


事業を興して会社を切り盛りするようになってからずっと、桐梧の生き甲斐は仕事だった。それと平行して、母を捨てて苦労させた父に代表される華族たちをいつか見返してやるという暗い願望も持っていたが、具体的に復讐を画策していたわけではない。

葵という綺麗な愛人を手に入れてまだほんの四日しか経っていないが、桐梧は確実に自分が変わりつつあるのを感じる。

本人の前では絶対に口にしないが、桐梧は当初の思惑以上に葵に惹かれていた。

見た目の美しさばかりではなく、葵は健気だ。そして、本当の意味でプライドが高い。

もしも葵がつまらない見栄を張りたがるだけのお坊ちゃんだったら、伯爵夫妻や兄夫婦と一緒に海外に逃れていただろう。欧州にいるという伯爵夫人の親戚は大金持ちだという話だから、彼らの面倒を見ることくらいわけもないはずだ。葵一人日本に残って屋敷がめちゃくちゃなことにならないように目を配っている必要などなかったのだ。

伯爵が投機に失敗して無責任に逃げ出してしまったのが、葵にはどうしても納得いかなかったに違いない。自分の始末は自分でつける。それは最低限の義務だし、するのが当たり前のことだ。伯爵がしないのなら、誰かがしなくてはいけない。でなければ高塔家は末代まで恥を掻く。葵の気持ちはこんなふうだったのではないだろうか。

葵を愛しく感じる気持ちが、抱けば抱くほど募る。

よもや自分が男に転ぶとは考えもしなかった。

いつか妻を娶《めと》ったときのためにと準備しておいた夫婦のための寝室を、葵の居室として明け渡してもいいと思えるまでになるとは、想像していなかった。

市橋はさぞかし驚いたに違いない。

あの部屋を葵に、と言い出した桐梧の気持ちを、どう解釈しただろうか。

考えるだけで面映ゆい。

桐梧は書き物机の上の置き時計をちらと確かめて、外出の支度をした。今日は取引先との晩餐《ばんさん》会がある。貿易業を営む桐梧の取引相手は外国人が多い。麹町《こうじ》区の有名な洋館で夜毎繰り広げられているような夜会や舞踏会に招かれるほどの賓客ではないにしろ、いずれも力を持った名士たちばかりなので、身嗜《みだしな》みには特に気を遣う。柄にもなく香水をつけるようになったのも、そのためだ。今、世の中は西洋に追いつこうと必死になっている。政府からしてそういう政策を採っているのだから、桐梧も馴染むしかない。

防寒着に袖を通しながら階段を駆け下りていくと、台所の方角から楽しそうな笑い声が聞こえてきた。

珍しいことだ。

何をしているのだろう。

たまたま市橋が通りかかったので、どうした、と訊ねてみた。

「お騒がせして申し訳ありません。お茶の時間に合わせて菓子を焼いているようです」

「それがそんなにおもしろいことなのか」

「いえ、あの、実は葵さまがご一緒されているものですから」

市橋が困惑したような表情で付け足す。ここは止めるべきだったのか、と気を回したようだ。

「葵が？」

桐梧は意外さに目を見開き、もう少しで手袋を取り落としそうになる。

「あの気位の高いお坊ちゃんが、台所で女達に交じって料理をしているというのか？」

なるほど。それでこのはしゃぎぶりなのだ。

人形のように綺麗な男が突然台所仕事の仲間入りをして、菓子づくりに興じているとすれば、さぞかし家政婦たちは物珍しくて楽しいだろう。たぶん葵は小麦粉など見たこともなかったに違いない。その常識の違いもおかしさを増す要因のひとつだ。歓声が上がったり慌てて止める声が出たりしているのも無理はない。邪魔になっているか、多少なりと役に立っているかは、まさしく微妙なところだ。

衣服を粉だらけにして台所に立っている葵を脳裏に描くと、桐梧はフッと口元を緩めた。

「葵が自分からすると言い出したのか？」

「はい。もしお気に障られるようでしたら、お止めして参りますが」

「……いや、俺はべつに構わない」

むしろ、こういう積極性は喜ばしい。

なんの気まぐれを起こしたのか知らないが、葵が使用人と仲良くするという発想を持ったこと自体、たいした変化だ。

やはり、僅かな期間だったとはいえ、葵を働かせてみたのは正解だったのだ。

視野は広く持つべきだ。知らない世界に触れて、世の中が自分を中心に回っているわけではないのだと自覚すること。それは葵のような狭く限られた特殊な世界で育てられた連中に声を大にして言いたいことのひとつだ。

ただし、葵についてては、そんな確固たる意図を持って接したわけでもなかった。最初は単に、買った男にこれまでどおり楽な生活などさせてやるものか、という意地悪な気持ちから考えついた仕打ちだった。

しかし、予想以上に打たれ強い葵が手抜きすることもなく熱心に働く姿に、すぐに気が変わった。三日間きちんと働けたら、元通りの優雅な生活に戻してやってもいい。部屋もあんな殺風景で狭苦しい物置のようなところでなく、もっと綺麗なところに移してやろう。そう思い直したわけである。

たまに葵は桐梧の意表を衝《つ》く。

桐梧はそれに新鮮な驚きを感じ、葵の思わぬ一面を知ることで、楽しくなったり嬉しくなったりする。

葵は桐梧を飽きさせない不思議な魅力を持っていた。

今晩帰ってきたら、今彼らが焼いている菓子を食べさせてもらおう。あの白くて細い指が小麦粉を捏《こ》ねたり千切ったりするのかと想像すると、それだけでも気持ちが浮わつく。

恋をすると、こんな気持ちになるのだろうか。

今まで仕事一筋だった桐梧は、恋愛らしい恋愛の経験がない。男になったのはかなり早かったほうだし、以降もその面で飢えたことはないのだが、あいにくとそこに恋の感情が絡むことはなかった。

よりにもよって初めてときめいた相手が男の葵とは、ちょっと認めたくない気もする。

まさか、という気持ちと、たぶん、という気持ちが、桐梧の中にちょうど半分ずつあるようだった。

奥深くを抉《えぐ》るように抜き差しされながら、充血して硬く尖っている胸の粒を指で弄られると、噛み殺せない喘ぎ声が細く長く洩れてしまう。

「そんなにいいか？」

桐梧が勝ち誇ったように聞いてくるのが癪で、葵は強情に首を左右に振る。

「ふん。この意地っ張りが」

「や……あっ、あああ」

いったんずるりと引き抜かれる。

受け入れさせられることに慣れてしまった葵の入口が喘いだ。

桐梧は葵の腰を両手でくるりと反転させ、シーツに腹這いにさせた。そして傍らにあった枕を噛ませて腰だけ少し高めに掲げさせる。

今度はこの姿勢で貫かれるのだ。

桐梧は期待と恐れとでひくつく葵の窄まった部分に先端を押しつけると、わざと焦らす。

「そう物欲しそうに動かすな。恥ずかしいやつめ」

「うっ…うう」

「欲しいか、葵？」

葵は約束事のように真っ赤になった。

すっかり解れて濡れている入口は、桐梧が少し力を込めて押すだけで開く。

「ああ、んっ」

先端が潜り込み、さらにそれを敏感な入り口付近だけで抜いたり挿《い》れたりして桐梧は反応を愉しむ。

ただでさえ途中でいきなり抜かれ、体位を変えて新たな部分を捏ね回される刺激を恥ずかしくも期待し、頭の芯をぼうっとさせている葵に、桐梧の仕打ちは酷だ。

粘膜の擦れあう淫靡な音が、葵の羞恥心を煽る。

「欲しいなら欲しいと言え」

わかっているくせに、桐梧は葵が自分の言葉で哀願するまで待つ気でいる。

自分だって欲しいくせに。

葵は一度奥歯を噛みしめてから、折れた。

「……ほ、しい」

「奥まで挿れてくれと頼め」

「もう、いいだろう……いやだ、桐梧」

「欲しくないのか。このまま抜いておまえを放り出しても、俺を恨まないな?」

言葉とは裏腹に、桐梧はゆっくりと茎の中程までを葵の中に潜り込ませていき、さらにまた引いていく。

「あああ、あっ」

狭い筒を擦って刺激されるとたまらなかった。

いつの間にこんな体になったのかわからないのだが、葵は後ろで感じるようになっている。

「いや、うう……抜かないで」

とうとう桐梧が求めた言葉を吐き、葵は嗚咽を漏らしてシーツに縋った。

「いいだろう」

桐梧は傲慢に言うと、葵を本格的に責めだした。

背後から貫かれるとより深くまで桐梧のものが届く。

葵はすぐに泣きだして、今度はひたすら解放される瞬間を求めて、背中をそらして桐梧の下でのたうち回った。ときどき指の腹で胸の突起をやわやわと撫で回される。その刺激がまたたまらない。普段よりも倍ほどに大きくなった粒は、ほんの少し触れられただけでも感じるのだ。股間のものにも思い出したように愛撫が加えられる。茎を扱かれて先端に浮かんだ雫を塗り広げられ、時には袋まで揉まれる。

「葵」

桐梧の息と動きが速くなった。

　このところ桐梧は「いく」と言う代わりに、葵の名前を呼ぶ。

　葵の細い腰に、桐梧の頑健な腰が連続して打ちつけられる。肌と肌が叩き合う音すらも官能を高める。

　桐梧は腰を激しく動かしながら自分の快感を追うと同時に、葵の前にも指を使う。

「あああっ、あっ、あ――も、いく」

　快感が最高潮に達してきて、葵は嬌声を上げた。

　たちまち登りつめ、ぎゅううっと桐梧を含んだ筒が締まる。

「葵」

　ふたりはほとんど同じ瞬間に極めた。

　葵は自分が放った途端、桐梧の熱い迸りを奥で受け止めた。何とも言いようのない感覚だ。

　葵はいった後も息を乱して喘ぎながらシーツに縋りつき、興奮が冷めるのを待たなくては指一本動かすのも億劫になっていた。

　桐梧が葵の肩にチュッと音を立ててくちづけ、剝き出しになっていた背中にシーツを引き上げてくれる。

　こういうところは本当に優しくて、葵はほだされそうになるのだ。

　まるで大切な恋人のように扱われる。

複雑な気分だった。当初のような悔しさや屈辱よりも、今はもっと別の、より暖かな気持ちを感じることが多い。いったい自分はどうしたのだろう。

それはこちらが聞きたい科白だ、と葵は桐梧の白々しさと厚かましさに反発したくなったが、疲れ果てていて言い返せない。

「満足したか?」

桐梧の指が、葵の湿った額にまとわりつく髪を払いのけ、そっと頬を撫でる。こうして事後に触れられるのは気持ちよかった。うっとりして無防備に身を任せてしまう。

ギシリと寝台が揺れ、桐梧も葵の傍らに横たわってきた。

ごく自然に裸の胸に抱き寄せられる。

肌の温もりが心地よくて、葵もおとなしく桐梧に体を添わせた。

外は風が庭木の枝葉をざわめかせる寒い夜だが、こうして寄りそっていると春のように暖かい。

桐梧の胸板からはすっかり慣れ親しんだ香りがして、葵の気持ちを穏やかで心地よくさせた。

新しい部屋に替わってからというもの、桐梧がこの寝台に来るようになった。行為が済んでもこうしてたっぷりと後戯があるのは、朝まで同じ場所で寝るからだ。いいことなのか悪いことなのか、葵は少し複雑だ。終わってても放り出されず触れてもらうのは気持ちがいいし嫌ではない。けれど、どういうつもりで桐梧がこんなふうにするのかと考えると、気持ちを許すべきではないのかもと自分を戒めてしまう。慣れさせられた揚げ句に突然突き放されたら、葵は打ちひしがれるだろう。信じたものに裏切られるというのは、葵には一番辛く耐え難い仕打ちだ。

「そろそろひと月か」

正確にはまだ三週間を過ぎたばかりなのだが、葵も黙って頷いた。

「おまえはまだ一度も屋敷から出ていないないな」

外出が許されるかどうかすら聞いたことがなかった葵は、桐梧の言葉を無言で受け止めた。べつに行きたいところもないので、気にしていなかった。しかし桐梧は葵を閉じこめているようで、不本意なのだろう。

「音楽会に興味はあるか」

唐突な質問だった。

葵は少し躊躇いつつも、「あります」と答えた。

昔はよく母に連れられて音楽会や歌劇・歌舞伎などの演舞を鑑賞しに行ったものだ。楽しみといえばそんなことばかりで、外で乗馬をしたり狩りをしたり、運動したりすることの方が少なかった。

「明日の晩、交響楽の演奏会があるので、それに連れていってやろう」

思いもかけない言葉に驚いて開きかけた葵の唇を、桐梧がすかさず塞ぐ。

「あ、ん…っ」

すぐに甘い息がもれた。

「心配するな」

桐梧は舌を絡めるくちづけを楽しんだ後、葵の上気した頬を手の甲で軽く押さえ、面白がるように言う。

「振り袖を着て女のように身繕いしろなどとは言わない。約束だからな」

そんな約束をいつしたのか、記憶にない葵は戸惑った。だが考えてみると、最初の晩に夢うつつで「もう嫌だ」と訴えた気もする。桐梧がそれを覚えていて、更に約束だからと守ろうとするのが、なんだか葵の胸をじわりとさせる。

だが葵はべつに最初から女装させられる心配などしていなかった。そんな思考回路を持つのは桐梧が意地悪だからで、一般的ではない。葵など思いつきもしなかったことだ。それでもせっかく桐梧が約束を守ると言うのだから、「それなら」ともっともらしく答えておいた。


音楽会の行われるホールは着飾った紳士淑女でいっぱいだった。政府主催のためかローブ・デコルテに身を包んだ洋装のご婦人が多く、それをエスコートする紳士もきちんとした燕尾服姿《えんびふく》だ。数多《あまた》いる紳士連中の中でも、とりわけ桐梧は目立っていた。もともと長身で洋装が似合う上、真っ白いドレスシャツと漆黒の燕尾服という取り合わせが否応もなく桐梧の浅黒い肌を引き立てる。日頃から鍛錬しているみごとな体躯《たいく》で堂々と着こなすさまは、日本人離れした強烈な魅力を周囲に振りまいていた。

擦れ違う婦人や令嬢たちの視線が桐梧の上で止まるのも無理はない。傍らにいるのが、やはり燕尾服姿の葵なので、未婚だとわかって尚更関心を持つのだろう。

普段から桐梧と親密な関係の葵ですら、今夜の彼にはどきどきする。

名前だけの男爵だというけれど、どんな格式高い華族の御曹司にも負けない気高さと品が、桐梧には備わっていた。改めてよく見れば、高く尖った鼻梁《びりょう》や意志の強そうな唇、眼窩《がんか》の窪んだ鋭い目など、容貌のどこを取ってみても高貴な血筋を感じさせる。

あまり桐梧の方ばかり見ていたので、葵は危うく階段で躓《つまず》きかけた。すかさず一段上にいた桐梧が振り返り、葵が転ぶ前に腕を取って支える。

「久しぶりで人に酔ったか」

「ごめん…なさい」

フッと桐梧が皮肉そうに口元を吊り上げる。

「それとも誰か知り合いでも見かけたのか？」

「いいえ」

葵は昔から社交には熱心ではなかったので、学生時代の友人達にでも出会わない限り、知り合いは少ない。懐かしい面々には会いたいと思わないでもなかったが、自分の現状を考えるとなかなか難しそうだ。

「好きな令嬢でも見つけてぼんやりしたのかと思ったぞ」

「そんな人、僕にはいない」

「いたとしても、おまえは俺のものだ」

桐梧はさらりとした口調ながら、強い独占欲を匂わせて、葵の腕を引いたまま階段を登っていく。人目があって恥ずかしかったが、桐梧は登りきるまでは手を離してくれなかった。

二階ロビーにもまだ人がたくさんたむろしていた。

開演までまだ暫く時間があるので、ロビーが社交場の様相を呈しているのだ。

桐梧も何人かの紳士や淑女に見咎められて声をかけられるたびに立ち止まり、愛想よく一言二言会話をしていた。桐梧に話しかけてくる面々は華族ではなく実業家ばかりで、葵のことを知っている人はほとんどいなかった。たまにいたとしても「おや」という顔をするだけで、特に話しかけられるでもない。葵にしても、そんなに親しくない人と話すことはないので、煩わしくなくていい。

人の波をかいくぐって場内への扉まで辿り着いたら、後は係にチケットの半券を見せ、席まで案内させる。

桐梧が持っていたチケットは貴賓席で、バルコニー付きの個室だった。

ドアを閉めて垂れ幕の向こう側に行くと、手摺りの前に華奢な猫足に繻子《しゅす》織りのクッションがおかれた椅子が二脚並べてある。

葵は手摺りから身を乗り出して、まだ人もまばらな一階や二階の観客席を見渡した。

ここと同じような特別席は他にもいくつかあったが、いずれのボックスにもまだ誰の姿も見られない。

「落ちるなよ」

背後から桐梧に腰を抱かれて、葵はそっちに驚いて手摺りに預けていた手を滑らせかけた。

「やっ……桐梧」

きつく葵を抱き竦め、首筋に顔を埋めた桐梧が、「おまえはいつもいい香りがする」と囁いた。

色気のある低い声に背筋がぞくぞくする。顎の先まで震えた。

「だめだ」

誰かがここを見上げたら、と思うと、葵はいつになく強い力で桐梧の腕を引き剝がした。

一度葵を離すと、桐梧も諦めたようだ。

何事もなかったかのようにボウタイの僅かな歪みを直し、さっさと椅子に腰掛けて足を組む。葵にも隣にかけるよう、有無を言わせない視線で促した。

「今夜は親しみやすい演目になっているので、チケットの売れ行きも殊《こと》の外《ほか》よかったそうだ。モーツァルトは人気があるな」

今晩の一番聴きどころとなる曲は、交響曲第四十番ト短調である。葵も大好きな曲だ。この演奏が生で聴けるとなると、期待に胸が高鳴る。

桐梧は葵の横顔を見ただけで、その気持ちがわかったらしい。

「せいぜい楽しめ」

口から出る言葉はあくまでも嫌味なのだが、本心では葵が喜んでいることに満足してるのがわかる。

開演時間が近づくと場内に人が入り始め、赤い布張りの座席が徐々に埋まっていった。張り出しのボックス席にも綺麗に着飾った紳士淑女の姿がちらほらと見え始める。いずれにも葵の知った顔はなかったので、ある意味安堵した。桐梧と二人でこんな場所にいると知られたら、休憩時間に顔を合わせたとき、どう説明すればいいのか悩むところだった。

バックステージでは楽団の練習がずっと続いていたのだが、それも止み、舞台上に次から次へと楽器を抱えた団員が出てきた。

指揮者も団員もすべて欧州から演奏のために来日している人たちだ。

彼らが舞台上で最後の音合わせを終えると、会場全体が期待と緊張に包まれる。

あちこちに灯されていた球燈と天井から吊り下げられている大きなシャンデリアが消されて場内が暗くなり、舞台の袖から指揮者が出てくる。場内に拍手が鳴り響いた。

指揮者が振り上げた棒に合わせて、第一音が奏でられる。

葵は久しぶりの音楽会に意識を集中しており、隣にいる桐梧が舞台より葵の横顔を見ていることになど気がつきもしなかった。


正装した葵は思わず息を呑むほど美しい。

黒と白が非常にストイックで、昨夜も遅くまで桐梧の腹の下で泣き喘いでいたのと同じ人物だとは思えないほどだ。

音楽会になどさほど興味はなかったが、葵が喜ぶかもしれないと思ったので、知り合いに頼んでいい席を確保してもらった。予想以上に嬉しそうな顔を見ることができ、それだけで桐梧は満足した。

三十分ほどの曲を二曲演奏したら、二十分の休憩が入る。その後が今夜のメインになる交響曲である。モーツァルトの四十番は比較的短めで、これもやはり三十分を僅かに超えるくらいの曲だ。豊かな歌謡性を持ちながらも全体に流れるイメージは悲愴な美しさに満ちた、巨匠の晩年の名曲として知られている。

葵は熱心に舞台を見つめ、楽団の奏でる音色に心を奪われている。

桐梧はそんな葵を不躾でない程度にときどき眺めていた。

白い喉を締めつけているタイを毟《むし》り取ってこの場で押さえつけたい欲求が徐々に増していく。

まるで俺はけだものだな。

桐梧は自嘲した。

どんなに立派な格好をして上流階級に交じっていても、所詮《しょせん》は飢えた狼だ。上品に微笑んで、まだまだ若輩《じゃくはい》ですので、などと謙遜してみせながら、心の中では相手を蹴落として高みに登る機会を虎視眈々《こしたんたん》と狙っている。

だが、葵に関しては、体面を取り繕って遠慮する必要など何もない。

葵は自分が莫大な金を払って手に入れた愛人で、いつどこで押し倒そうと桐梧の勝手にできる存在のはずだった。

華族どもは、自分たちと同じ気高い身分であったはずの高塔葵が、金の力で言いなりにならざるを得ない実態を知れば、さぞや臍《ほぞ》を噛むだろう。

葵を汚すだけ汚してやることで、桐梧は連中を嘲笑えるのだ。

こいつを見ろ、俺が命じればいつでもどこでも足を開いて、俺の欲望を銜え込む。しかも慣れてきてからははしたなく喘いで縋ってきて、自ら腰まで振るようになった。華族さまもこうなっては形無しだ。遊女と少しも変わらない。そう世間に知らしめてやりたくなる。

葵のことは大事にしたい、喜ばせたいとも思うのだが、華族たちへの憎しみは相変わらず燻《くすぶ》っている。彼らのことを考えると、たちまち冷ややかな気分に支配されるのだ。

盛大な拍手が会場中に湧き起こり、桐梧は現実に引き戻された。

場内に明かりが灯る。休憩時間だ。

「素晴らしかった。久しぶりに感動してしまった」

葵が桐梧を振り返って、興奮の醒めない口調で言う。

こんなふうに彼から話しかけてくるとは珍しい。よほどよかったのだろう。大きな瞳が潤んでいるのが、なんとも艶めいている。葵を見ているうちに桐梧の場をわきまえない節操なしの欲情はさらに強まった。

ふん、と自嘲する。

上等じゃないか。

――欲情したのなら、押さえつけて犯せばいいだけのことだ。

「よかったな」

桐梧の声は少し猫撫で声になっていたかもしれない。もちろん下心が芽生えたことを葵に気付かせないためだ。

「僕は何か飲んでくる。あなたは?」

「俺はいい」

じゃあ、と葵は一人で席を立ち、垂れ幕を掻き分けて出ていった。


ロビーの手洗いからボックス席に戻ると、最初は薄暗さに目が慣れない。遮光処理をされた垂れ幕の向こうに出れば場内に灯された明かりがあるのだが、扉からそこまでの短い空間はまったく明かりが差さないのだ。

手探りで垂れ幕を摑もうとして前方に伸ばした腕を、唐突に捕らえられる。

「っ……!」

葵は引きつった悲鳴を上げかけたのだが、すぐに背後から羽交い締めにされて口元を手で覆われたので、それ以上声を出すことは叶わなくなった。

桐梧だ。香水でわかる。

葵は身を捩《よじ》って抵抗した。

よりにもよってこんな場所で何をするつもりなのか、気が気ではない。葵は確かに桐梧のものだが、もう少し人格を配慮した行動を取ってくれてもよさそうなものだ。彼の本質は人でなしの冷血漢でないと、葵は信じかけていた。

口を押さえる手が外された。

「桐梧だろう？　僕に何をする気だ」

「おまえと俺がすることなど、ひとつきりしかないだろうが」

すぐ耳元で桐梧が低く囁く。

あまりにも恥知らずな男の脇腹に肘鉄を食らわせようとしたが、その前に桐梧の手で股間をきつく握り締められて、葵は苦痛に呻《うめ》いた。

「やめて」

「だったらおとなしくしていろ。おまえには拒絶する権利はない」

「でも、こんなところで――！」

「ここが個室だということに取りあえずは感謝するんだな」

どうにかして考え直させようとしても桐梧は受け入れない。葵のささやかな抵抗を切って捨てるように冷たくあしらうだけだ。

「時間もあまりないぞ」

演奏が再開されるまで、あと十分。

その短い間に桐梧は葵を辱めるつもりでいる。

「お願いだ、桐梧」

葵は垂れ幕に縋りついた。

「帰ったらいくらでもあなたが気の済むようにすればいい。なにもこんな場所で性急にすることはないだろう」

「俺が今おまえを欲しがっているのが、わからないのか？」

桐梧が強く腰を押しつけてくる。硬く膨らんだものが二人の布地越しでもはっきりと感じられた。

「クラッシックを聴きながら欲情するなんて」

「うるさいぞ」

「ああっ！」

もう一度股間を握りつぶされかけて、葵はがくっと前のめりになり、垂れ幕を大きく揺らした。

桐梧の逞しい腕で腰を抱かれているので、膝を緩めても倒れることはなかったが、しっかり立っていろ、と厳しく叱咤された。

ズボンを下着ごと膝まで下ろされる。

たまらない屈辱だった。さっきまでの喜びが、より葵を惨めにした。

桐梧の指が葵の口の中に強引に割り込んできて、唾液を十分にまぶしてから下におりていく。

長い切れ込みの間を押し広げて、慎ましやかに閉ざされていた蕾がいきなり抉《えぐ》られた。

「あああ……あっ……あ」

「声を控えろ。大きな声を出すと会場係が不審に思って入ってくるかもしれないぞ」

確かに扉のすぐ脇には会場係の若い男性が一人立っていた。

葵は必死になって声を抑えなければならなかった。

「中が絡んでくる」

「や…めて……」

「おまえも本当はここに俺を突っ込んで掻き回してもらいたがっているんじゃないのか」

「違う」

言葉で煽りたてられるうち、葵は徐々に興奮してきた。これでは桐梧の思い通りだ。悔しかったが、一度火をつけられると快感に慣れた体は容易には鎮《しず》まらない。一ヶ月あまりという短い間でも、毎晩のように挑まれて蹂躪され続けるうちに、体は完全に淫らな娼婦に堕とされてしまっていた。

たっぷりと指で慣らされ解された部分に、桐梧が躊躇いもなく猛ったものを押し込んでくる。

「ううう」

大きさと熱さ、体の奥を埋め尽くされる閉塞感に、涙が零れる。

「……動くぞ」

「いやだ、桐梧、もう勘弁して——」

「一度出したら終わってやる」

葵の手から力が抜け、縋りついていた垂れ幕からずるりと滑り落ちる。慌ててもう一度摑み直した。

前に出て少しでも桐梧から離れようとするのだが、すぐに引き戻されて、逃れようとしたのを罰するように深く抉り直される。

「あああ」

「声を出すな。それに、あまり垂れ幕を乱すと隙間ができる。会場内にたくさんいる連中のいい見せ物になるぞ」

「そ、そんな……あ」

桐梧の容赦ない突き上げは、葵に何度もくぐもった嗚咽を漏らさせた。

立ったまま責められる辛さもあって、次々に口を衝いて出そうになる悲鳴を押し殺すだけでも大変な苦行だ。

はぁはぁと荒い吐息をつきながら、気づかれないように我慢する。

思うように身動きもできない状態は、葵をいつも以上に高ぶらせた。なんて淫らなはしたないまねを強《し》いられているのだろう。それもこんなところで。そういう気持ちが逆に体を熱くする。考えただけで全身がゾクゾクして、足が震えた。

葵自身もしっかりと感じていた。

桐梧は葵の前を巧みに弄ると、胸ポケットのハンカチーフを抜いて先端を包み込み、葵を促す。頂点まで登り詰めかけている快感には抗えない。ハンカチーフの中に吐き出して果てた。

「うう……んっ……」

負けて堕とされた悔しさに涙が滲む。

これでもう桐梧を恥知らずと罵ることもできなくなった。

背後の桐梧が勝ち誇った笑みを浮かべているのが、目に見えるようだ。

「結構出したじゃないか、葵」

もう言うな、と葵は悲痛な声で哀願した。

毎晩のように桐梧としているのに、なぜ自分の欲情は尽きないのか。いや、尽きるどころか増していくのが不思議だ。こんな体では淫乱と言われても否定することができない。

「葵」

桐梧が葵の顎に手を回し、後ろを向かせて噛みつくようにくちづけしてくる。

「ああ、あ」

くちづけの後、抽挿は更に激しくなった。

誰かに知られたら、どうしよう。男を銜えて喘いだりしているこんなあられもない姿を見られたら、とてもではないが二度と誰にも会えない。

葵は必死で声を忍ばせ、桐梧を早くいかせようと入口を強く引き絞る。

やがて桐梧が感極まったような荒々しい息を吐き、いく寸前で葵の中から引き抜いた。自分の欲望も先程のハンカチーフに受け止めさせたようだ。そういう理性をちゃんと働かせるところが、この男のしたたかで憎らしいところだ。

葵は桐梧に抜かれた途端、がくりとその場に膝から頽《くずお》れていた。

「……葵」

先に前を整えた桐梧が葵の胴に腕を回して立たせると、自分の胸板に凭れさせる。

指一本動かすのも嫌になるほど葵は疲れていた。

葵の髪を弄りながら、桐梧はあくまで勝手な科白を吐く。

「おまえが悪いんだ」

宥《なだ》めるように涙で濡れた葵の顔を手の甲で撫で、顎を摑んで顔を仰向けさせると、拗ねて引き結んだままの唇に軽い接吻をする。

垂れ幕の向こうから拍手が聞こえてきた。指揮者が再び舞台に出てきたらしい。

シンと期待に静まり返った場内に、モーツァルトの四十番第一楽章の曲頭が、何の序章もなく唐突に響き渡って、今晩最後の演目が始まる。モルト・アレグロのト短調、ソナタ形式。第一主題がいきなり展開される曲頭が有名だ。

桐梧の手で乱された服を元通りきちんとされ、彼と共に垂れ幕を潜ってバルコニー部分に戻った。裏で淫らな行為に耽っていた二人になど誰も注意を払うはずもなく、観客は舞台に集中している。

舞台を照らす明かりの中で見た桐梧の横顔は、引っぱたいてやりたくなるほど取り澄ましており、欲望の赴《おもむ》くままに葵を抱いたことなど微塵も窺わせない。

いいように翻弄されてしまった悔しさが込み上げてきて、葵は不機嫌さを露わにし、演奏が終了してもまだ桐梧を無視し続けた。

馬車に揺られて屋敷へと帰る途中、桐梧もさすがにこれ以上葵のわがままは許さないと思ったようだ。ツンと反らしたままだった顎を引き寄せて、強引にくちづけしてくる。

「いい加減機嫌を直せ」

「直さない」

クク、と桐梧が苦笑いする。

葵にこれだけ反抗的な態度を取られてもなおかつ機嫌を損ねていないとは、よほど秘密の情事に満足したらしい。

「まぁいい。後はゆっくり寝台で話し合おうじゃないか。そのときおまえがこの身の程知らずで高飛車な態度を後悔しないといいな?」

葵はビクッと肩を揺らした。

少し調子に乗ってつけ上がりすぎたようだ。

しかしもう後の祭りで、桐梧はそれっきり葵に構わず、馬車の窓を通りすぎる夜の街並みを眺めているだけだった。

異国の慣習である降誕祭が過ぎると、いよいよ年の暮れも押し迫ってくる。

桐梧も毎日朝早くから出かけ、夜は付き合いの外食をして遅くに戻るという日が続いていた。それまでは毎晩のように葵の部屋に入ってきて、朝方になってから寝台を下りていく生活が習慣化していたのだが、さすがにそうはいかなくなったようだ。

べつに桐梧がどこで何をしようが、葵の関知するところではない。

夜毎足を開けと命じられて遅くまで寝かせてもらえないより、ひとりでゆっくりと体を休められてありがたい――はずだった。

それが、いったいいつから、ひとりで目覚める朝を虚しく感じるようになったのか、葵にはわからない。あれほど鬱陶しいと思っていた桐梧が隣にいないと、安堵ではなく淋しさの方が先に立って、溜息が零れる。

桐梧と一緒の寝台で朝を迎えたのは四日前が最後だ。

おはよう、奥さま。

桐梧は枕に埋もれたままの葵を上からじっと見下ろしていて、葵が目を開けると、そんなふざけた朝の挨拶をした。誰がいつあなたの妻になった、と唇を尖らせたら、桐梧は少しも悪びれず、あきらかに葵の反応を面白がっている笑みを浮かべ、首を竦めてみせたのだ。

本当は、葵もそれほど嫌な気持ちになったわけではない。

言い方は気に障ったが、桐梧に深く慈しまれている気がして、胸の奥がじわりと熱くなった。

最近の自分はどこかおかしい。そもそも男同士であるのに……。

少し前からもそういう傾向は感じていたのだが、ここのところ特に本来の自分でなくなっているように思う。

きっと桐梧のせいだ。

よく寝たはずなのに鈍い痛みを感じて重い頭を押さえ、葵は洗面を済ませた。

鏡に映っている顔は相変わらず不健康なまでに蒼白い。この顔を桐梧は綺麗だと言うのかと思うと、恥ずかしくなる。寝間着の深い襟から覗く鎖骨の尖りも酷すぎる気がする。こんな痩せぎすな体を抱いて本当に桐梧は気持ちいいのだろうか。

悪趣味な男だ。

望めばもっといくらでも楽しめる相手を見つけられるだろうに。

すんなりと認めるのは悔しいが、桐梧は普通の男とは一つも二つも格が違う。親から受け継いだ地位や財産があったわけでもなく、二十代半ばでこれほどの成功をしているのだから、それは自明の理だ。悪魔のように頭が切れて、ここぞという決め所で素晴らしく勘が働く。さらに押し出しの強い確信的な言動で、相手を信用させて丸め込む。葵には桐梧のそういう遣り口がまざまざと思い描ける。まだ一緒に暮らしだして一ヶ月だが、本質をさらけ出す付き合いをしているから、なんとなく理解できるのだ。

彼ほど抜け目のない男は滅多にいない。

華族嫌いの彼が男爵を称するのも、ひとつは外国の会社との取引において信用を得るためだ。したたかな実業家の彼が業務上の効果をまったく配慮しないはずがない。爵位について桐梧はそれ以外の個人的な理由しか言わないが、葵は賢《さか》しく推測し、確信していた。

それに、結婚するにも、男爵の称号はおおいに効力を発揮するはずだ。

もともと、地位があろうがなかろうが、桐梧がどれほど婦女子にもてるかは想像に難くない。散々な目に遭わされた音楽会でも、集まった淑女たちは、ほとんど皆例外なく桐梧の気を引きたがり、あからさまな視線を送っていた。

ただし娘の結婚に大きな影響力を持っている父親は、容貌が魅力的であるより、もっと他の部分を気にする。

今の桐梧には地位も財産も名誉もある。体裁は完璧に整っているわけだから、望めばたいていの家の娘と結婚できるだろう。

辣腕な実業家を婿《むこ》にするのは、この先、家を確実に守るために必要なことだ。少しでも先見の明がある父親ならば、身分が高いだけの無能な男より、桐梧のような男を選ぶはずだった。

桐梧が葵に構うのは今だけのことだ。

葵はそう思うと、自分でもびっくりするほど気が塞いだ。

いったいどういう気持ちの変化が起きているのか、探るのが怖い。

桐梧に対して前ほど突っ張れなくなったのは、抱かれて快感を得てしまうようになってからだ。

最初は信じられなかったが、葵の体はすっかり桐梧を受け入れて満たされるように慣らされている。ここしばらく桐梧が忙しくて寝台に来ないから、昨晩など真夜中に体が火照って、せつなくてなかなか寝つくことができなかった。我ながら浅ましい限りだ。

このままでは、桐梧と離れられなくなるかもしれない。

葵は先のことを考えただけで動揺した。

いつまでもこんな関係が続くはずないのに、自分一人が桐梧に夢中になり、離れられなくなったりしたら最悪だ。

許したのは体だけ。心は常に頑なに閉ざしたままでいるのではなかったのか。

いつの間にその決意を忘れた？

まだきっと間に合う。

絶対に桐梧に気持ちを持っていかれないようにすればいい。何も考えず、感じないように努めていれば、そのうち桐梧も葵に愛想を尽かして興味をなくすに違いない。さらに体にも飽きて抱く気も失せた暁《あかつき》には、なんらかの見返りを代わりに求められるかもしれないが、葵を解放してくれるのではなかろうか。

そうしないと辛いのは自分だから。

葵は鏡の中の青ざめた顔をきつく睨みつけた。


桐梧の日常が普段通りに落ち着いてきたのは、結局年が明けてからだった。

それまで目が回るような忙しさが続いていたので、ずいぶん葵を放っておいた。仕事そのものの忙しさはもとより、宴会ごとが目白押しで、義理の欠かせない取引先の接待もいつも以上にこなさねばならなかったせいだ。

葵のようすがおかしいことは薄々気付いていた。

降誕祭が過ぎたくらいからだろうか。

桐梧が構わないので拗ねているというのならまだかわいげもあるが、葵に限ってそんなことがあるとも思えない。強情で誇り高い男だから、どんなに桐梧が愛情を示そうとしても受け入れない。放っておかれることを喜びこそすれ、拗ねたり不機嫌になったりすることなどないはずだ。

家族と離れているのが辛くなり始めたのか。

それとも、たまには気心の知れた友人と羽目を外したいのかもしれない。

本音を言えば葵をこの屋敷から一人で出したくない気持ちはある。酷いことばかりしている自覚があるので、葵が逃げたいと考えていても不思議はない。だからなるべくならば外出させたくないのだ。しかし、桐梧は桐梧で忙しいし、市橋にもするべき仕事は山積みで、とても供をさせる余裕はないのが実情だった。

もっと桐梧が優しく接してやれば、葵も少しは義理とか義務以外の感情で受け入れてくれるのだろうか。

桐梧も強情なので、これがなかなか難しい。

頭ではこうしたほうがうまくいくとわかっていても、いざとなれば葵を苛めて泣かせることばかりしてしまう。葵はますます桐梧を疎ましく思って頑なになる。悪循環なのだ。

これはどういう気持ちからなのか。

せめて自分の胸の中でだけでも潔《いさぎよ》く考えてみる。

そうすると、桐梧は、自分が葵に惚れていることを認めるしかなかった。

たぶんこうなることは最初からわかっていたような気がする。あの日、初めて階段上にいた葵と視線を交わした時から、きっと深い関係になると知っていたように思うのだ。

しかし、葵が桐梧を許すことはないだろう。

何不自由ない華族の御曹司を、遊女のように扱って貶《おとし》めた。

本来、葵は桐梧にどんな恨みを持たれる謂《い》われもない。桐梧をどこの馬の骨だと嘲笑って追い返したのは伯爵であって葵ではなかったし、借金をどうにかする義務があったのも決して葵ではなかったはずである。それを全部無視して、葵に、苛立ちのすべてをぶつけてしまった。

理不尽で恥知らずな欲望にまみれた野卑な男。

葵の目に、桐梧はそうとしか映っていないだろう。

好きと告げても空回りするのは目に見えている気がした。

葵のようすは確かにおかしいが、その夜久しぶりにした寝台での行為にはむしろ積極的だった。十日間近くもしていなかったせいか欲望がたまっていたらしく、桐梧に翻弄されるまま、全身を震わせて立て続けに二度いった。よほどよかったようだ。

しばらくは惑乱して泣きやまなかったが、桐梧がずっと抱き締めてあやしていると、少しずつ落ち着きを取り戻し、糸が切れたように腕の中でおとなしくなる。

「葵」

桐梧は熱っぽく喘ぐ薄桃色の唇に自分の唇を押しつけた。

柔らかな感触をたっぷりと堪能する。

葵を愛しく感じ始めてからは、なにより唇を合わせるのが好きになった。どんなに激しく奥を責めて悦楽を極めるより、唇を合わせるのが楽しい。触れるか触れないかの繊細なくちづけをしながら、髪や頬を指先で擽っていると、愛しい気持ちに拍車がかかるのだ。

「間が空きすぎたな」

葵は興奮が鎮まると、途端に人形のように身動ぎさえしなくなった。

愚痴でもいいので会話をしたいのだが、体の素直さとはまったく逆で、気持ちは頑なに閉ざしている。いくら話しかけても伏せた睫毛を揺らしもしない。以前はこれほどではなかった気がするのだが、何が原因か桐梧には断じきれず、普段通りに接するしかない。

「だが、ここはちゃんと俺を覚えていたようだ」

さっきまで蹂躙していた入口に指を伸ばす。

桐梧を迎えていた襞は、軽く指で撫でるとたちまち綻んだ。中からとろりとしたものが滴り落ちてくる。桐梧が注ぎ込んだものだ。ほっそりした内股を伝い落ちていく感触に、葵が眉を顰《ひそ》めて小さく喘ぐ。

桐梧は無反応な葵に焦れていたので、そのまま中指を筒の中に潜らせ、ますます喘がせる。指に絡んできた残滓《ざんし》を掻き出してやった。

「何を拗ねているのか知らないが、いい加減にしないと俺も機嫌を悪くするぞ」

ちょっと脅しつけてみたが、葵は首を振って沈黙したままだ。

まるで一言でも喋ったら世界が足下から崩壊するとでも思っているようだ。

何を考えているのか理解できない。

音楽会に出かけたあたりまでは、まだ反抗したり喜んだりして、ごく普通に桐梧と向き合っていたはずなのだが、仕事が忙しくなりすぎて顔を見るのもままならなくなっていた間に、風向きが変わってしまったようだ。しかもどっちを向いて吹いているのかもわからない。

「気が塞いでいるのならどこかに出かけてくればいい」

桐梧は最大限、葵に譲歩した。

好きでもなんでもない相手なら、無口でも無表情でも一向に構わない。ただ自分の欲望を処理させるために体を開かせられさえすればいいのだ。しかしそうではないから、こんなにいろいろと機嫌を取るような発言をし、性欲が静まった後の寝台でもくっつきあっている。少しはそのへんを考えて俺の気持ちに気づけ。桐梧の苛立ちは募る。

「金がいるなら市橋に言え。おまえにも買いたいもののひとつやふたつあって当然だ。俺はそこまで吝嗇《りんしょく》家じゃない。分をわきまえてさえいればいいんだ」

「……はい」

葵はやっと返事だけはしたが、目を伏せたきりシーツに視線を落としているままだし、第一少しも気乗りした気配がない。

「寒くて外出するのは億劫か？　だったら家の中で気を紛らわせることを見つけろ。いつかしていたように洋菓子など焼くのはどうだ。前におまえが作った菓子は、形は不格好だったが味は悪くなかった」

今度はピクリと肩を揺らして顔を上げた。

まだ充血したままの瞳が、困惑したように桐梧を見つめる。

遊び半分に作ったものを桐梧が味見するとは、考えもしなかったのだろう。

それより、桐梧はやっと葵が自分と目を合わせてくれたことに安堵した。なぜこの俺がこんなに努力しなくてはならないんだ、といささか腹も立つが、立場がどうであれ、好きになったら負けるしかないようだ。

「やっと俺を見たな」

葵の顎を摑み、潤んだ瞳をじっと見据える。

強く射竦められた葵は視線を逸らせなくなったようで狼狽《うろた》える。

「俺が嫌いなのは承知だが、たまには愛想よくしても罰はあたらないだろう。体ばかり素直でも興醒めだ。それくらいなら以前のように楯突《たてつ》いてこられた方がまだいい。どうして急に俺とは口も利《き》きたくなくなったのか言ってみろ」

桐梧はそう言って、辛抱強く葵の返事を待つ。

待たれているとわかると、さすがに葵も無言では通せなくなったようだ。

「べつに今は話したいことがないから」

やっと口を開いたと思ったら、こんな取りつく島もない返事だ。

桐梧は憮然として葵を睨み、顎から指を離す。

買った男に翻弄されている自分は奇特だ。周囲からはさぞかし滑稽に思われるだろう。

今夜はもう葵という気が失せた。

理由も告げず殻《から》に閉じこもっている葵を見ていると、そのうち桐梧も不機嫌さが増して残酷な振る舞いをしてしまいそうだ。

そうなる前に離れておくほうがいい。

桐梧が寝台を下りるとき、葵は微かにせつなそうな顔をみせた。

本当は桐梧にここにいてもらいたかったのかもしれない。

しかしべつに引き留めの言葉が出るわけでもなかったので、桐梧は後ろ髪を引かれるような心残りを感じつつ、自分の寝室に戻った。

元気のない葵に何かしてやりたい気持ちはあるのだが、何をしてやれば以前のように張り合いのある彼に戻ってくれるのか思いつかない。

とりあえず、外の空気に触れさせようか。

ちょうど今週末に、貴賓館《きひんかん》の庭園で新年を祝う園遊会が催される。数多の著名人や資産家、華族たちが集《つど》う盛大な行事なので、葵にもいい気分転換になるかもしれない。たまには華やいだ場に出るのもいいだろう。

出会ったきっかけがきっかけだったから、葵にはずいぶんと辛い目を見させたが、これから先はできるだけ優しくしてやりたい。

そして、叶うなら、今の桐梧の真剣な気持ちを受け入れて欲しかった。

着替えろ、と命じられて、略式礼装に身を包み、昼間から桐梧と馬車で出かけた。音楽会以来だ。

傍らの桐梧はむっつりと黙り込んでいる。

ここのところ二人の間にはほとんど会話らしい会話がない。すべて自分が招いたことだと承知しているが、長く続くとさすがに気が滅入って、もっと素直にしていればよかったと何度か後悔した。けれど、桐梧から熱心に話しかけられていた際に頑固な態度を通した以上、葵から折れて近づくような真似はできなかった。

夜の行為も求められないまま、数日経つ。

こんな状態ではいずれ出て行けと言われるに決まっている。それを望んでいたはずなのだが、時間が経つにつれてまたじわじわと桐梧への想いが強まってきていた。桐梧から離れたくない。葵の本音はとどのつまりそうなのだ。

先のことはいくら考えても仕方がない。

葵にわかるのは刹那《せつな》刹那の気持ちだけで、それは一分後にはまた別のものになっているかもしれない不確かなものだった。だが、それ以外をあれこれ想像して悩んでみても、何一つ解決しない。

桐梧のことを好きだと認めてしまえば、結末はどうあれ葵はずっと楽になれる。

無用な虚勢を張らず、抱え込んでいる不安をすべて彼に打ち明けてしまえばいい。桐梧は驚くかもしれないが、葵の気持ちがわかれば、どうにかするだろう。身売りした葵にはどうしようもなくても、買った桐梧のほうにはいくらでも打つ手がある。迷惑ならば職の世話でもして葵を遠ざければいいのだし、万一桐梧自身が葵を憎からず想ってくれるなら、妻帯するまでなどの条件付きで受け入れてくれるかもしれない。もしくは、ふざけるなと一蹴して葵の気持ちが冷めるような冷たいあしらいに徹するか。

自分の気持ちに正直になることは、意外に難儀だ。

突っ張って心にもないことを言うほうがどれだけ簡単かしれない。

ガラガラガラと騒々しい轍《わだち》の音を響かせて、馬車は埃《ほこり》だらけの往来を走り抜けていく。

話しかけるきっかけも摑めないまま、やがて目的地に着いた。

服装と時間から、たぶん園遊会のようなものだろうと予想していたが、案の定だった。煉瓦《れんが》造りの広大な貴賓館の奥に広がる広大な庭園に、洋装和装入り乱れて華やかに盛装した人々が集まっている。

桐梧は先に馬車を降りると、葵に腕を差し出した。

無愛想な顔をしていても、態度は決して冷たくない。たぶん桐梧も葵の出方を見定めている気がした。葵が突然態度を硬化させた原因がはっきりするまで、下手にせっつかず、したいようにさせておこうと鷹揚に構えることにしたようだ。こういうところが同じ意地っ張りでも葵と違い、分別のある大人だと感心させられる。

葵は桐梧の手に摑まって、馬車から降りるのを助けてもらった。

久々に手を繋いだせいか胸がどきどきする。

桐梧がぶっきらぼうな調子で葵に顎をしゃくって、ついてこい、と合図する。

「こっちだ」

庭園に入る手前で記帳しなくてはならない。

桐梧は和服をぴしりと着こなした中年女性に懐《ふところ》から抜いた招待状を手渡すと、小筆に墨をつけ、流れるような美しい書体で名前と住所を書いた。葵のことは「他一名」と記していた。

記帳場所の傍はひどく混雑していたので、とりあえず奥に向かう。桐梧は葵の腕こそ引かなかったが、ときどきちらりと後ろを振り返り、ついてきているかどうか常に気を配っていた。こんな人混みを歩くことなど滅多にない葵は、何度か桐梧を見失いかけては、途中で立ち止まって待ってくれていた桐梧の背中にどうにか追いつき、導かれるままにユズリハの木陰に落ち着いた。

気温は低く風も冷たいが、木々に囲まれた園内の空気は澄み渡っていて、散策して回るだけでも気持ちよさそうだ。

「あまり長居をする気はない。一時間したら帰るぞ」

それまでほとんど無言で通していた桐梧がいきなり言ったので、葵ははっとした。

「はい」

「俺は知人に挨拶をして回ったらここに戻る。おまえもその間好きに歩いて友人とでも喋ってくればいい。これだけ集まっているんだから、一人や二人は親しい人間が招待されているだろう」

どうやらこの先は別行動を取るつもりらしい。

葵は一人にされるのかと思うと困惑したが、とりあえず頷いた。

友人とか親しい人などと言われても、すぐにはピンとこない。特別懐かしく感じる人はいないが、学友たちには会ってみたい気もする。桐梧の言うとおり、これだけ人がいれば当然昔の友人たちも来ていることだろう。

ふと、学生時代に一番仲良くしていた男の顔を思い出す。

神代《くましろ》子爵家の三男で、神代修三《しゅうぞう》という。彼は何人か集まると必ず先頭に立って他の者たちの牽引役《けんいんやく》を務めるしっかりした男だった。爽やかで優しく、弱い者は庇って、強い者には堂々とした態度で臨《のぞ》む。教師たちからも一目置かれていた。

ずいぶん音信不通だったが、今どうしているのだろう。

海外に遊学したという話は聞かないので、まだ日本にいるはずだ。それなら今日ここにも来ている可能性はある。

学内でも人気者の彼だったが、葵とは特に親しくしてくれた。運動倶楽部《クラブ》での活動がない放課後は、いつも葵と一緒に図書館に行き、勉強した。それに夏の休暇には、互いの別荘を訪問しては何日もかけて遊び回ったものだ。

一度思い出すと、次から次へと懐かしい記憶が甦る。

会えるものなら会いたい気持ちが膨らんできた。

すでに桐梧の姿はいずこかに消え去っており、葵も人の多いほうに向かって歩きだした。

それほどうろつかないうちに、早速見知った顔に出くわす。

「山科《やましな》、だろう?」

二人連れの一方に声をかけると、山科は眼鏡の奥の細い目を眇《すが》め、露骨に眉を顰めた。

「高塔か」

誰、というように隣の男が山科を見る。

山科は男の耳に口を寄せ、ちらちら葵に視線を投げつつ、低くした声でぼそぼそと囁く。ああ、と男も何事か納得し、侮蔑するように鼻を鳴らす。

葵は激しい不快感を覚えた。山科とは中学で一緒だったのだが、あの頃はこんな陰湿な態度を平気で取る男ではなかった。勉強は得意だが運動はいまひとつなことを気に病んでいる、地味だが気持ちの穏やかな男という記憶しかない。

「きみ、なんでここにいるの？」

不遜な口調で山科が聞く。隣の男はずっとニヤニヤしながら、葵の全身にいやらしい視線を注いでいる。

なぜいてはいけないのか、そっちのほうを聞かせて欲しい。葵は失礼な質問に答える義務はないと思ったので黙っていた。

すると山科が畳《たた》みかけてくる。

「きみのとこ、一度破産したんだって？」

「……」

「ご両親、海外にいるんだってね。でもきみは一緒に行かないで残ったんだな。ふうん」

よく知っている。事実だから否定はしないが、こういう社交の場で、久しぶりに顔を合わせた者にする会話としては、あまりにも配慮がない。葵は山科に声をかけたことを後悔した。学生時代とは何もかもすっかり違っている。

山科たちの前を離れた葵は、漠然と、ここはもう自分の来る場所ではなかったのでは、と感じていた。

あの顔は、葵が今誰の世話になってどんな生活をしているのか、知っている顔だ。もう一人いた男が葵に注いでいた好奇心たっぷりの下品な視線が、その事実を如実に物語っている。

羞恥心と悔しさで頬が熱くなった。

軽蔑されても仕方がないが、では他にどうすればよかったというのだろう。父たちのようにさっさと逃げるのが利口だったのか。誇りを守ることになったのか。葵としては強い責任感から張った意地だったが、他人からはばかなことにしか見られなかったのだろうか。

心が冷たくなっていく。

「よぉ、葵じゃないか」

すれ違いざまに声をかけられた。

葵は相手を見て、パッと顔を輝かせる。

「修三！」

会いたいと思って探していた相手が、向こうから声をかけてくれた。嬉しさと懐かしさでいっぱいになり、葵はついさっき受けた不快感を無理矢理頭から消し去った。

「元気にしてたか？」

「ああ」

「いろいろ大変だったみたいだな」

級友がかけてくれる言葉に、葵は胸が詰まってしまう。

神代は相変わらずの長身にやはり略式礼服を身に着けており、ぐっと大人びて見えた。片手にしているシャンペングラスを口元まで運んで傾ける仕草も決まっていて、どこからどう見てもいっぱしの青年紳士然としている。

「速見男爵とはいったいどこで知り合ったんだ？」

「父を訪ねて来たんだ」

「へぇ」

神代の目にあからさまな好奇心が浮かび、葵は少し嫌な気持ちになる。まさか、彼まで葵を見る目が変わったのだろうか。そんなはずはない。きっと桐梧のことは深い意味もなく聞いただけなのだ。そう思おうとしても、次の言葉に更に深く絶望させられた。

「実は、きみに頼みがあるんだ。悪いが今後こんなふうにどこかで俺と一緒になっても、話しかけないでほしい」

「どういう、意味？」

低い声で問い返しながらも、葵には彼の言いたいことが想像できた。

「昔は確かに仲良くしたけどさ……」

神代はそこで気まずげに咳払いする。

「きみの父上もまんまと騙されたものだよな。おかげで高塔伯爵の評判は地に落ちた。後ろ盾《だて》にあのいわくつきの遣り手男爵がついたから破産は免《まぬが》れたものの、結局家の再興はどうなるか怪しいものだろ。うちの親も高塔家とは今後縁を切ると社交界で宣言してしまってさ」

「……そう」

ほとんど想像と違《たが》わぬ内容だったので、葵は俯きがちになって、低い声で相槌を打っただけだった。傷つかなかったわけではないが、傷ついたところでどうなるものでもない。そういう世界で生まれ育ってきたのだ。

「僕も高塔の人間だから、修三が僕と話ができなくなったのは仕方がない」

「すまないな、葵」

俯いてばかりだと彼が心配すると思って、葵は顔を上げた。

しかし、神代の顔を見た瞬間、言葉とは裏腹に修三が葵に対して少しも同情など感じていないこと、むしろ親の話は単なる言い訳で、本音は彼自身が葵との縁を切りたがっているのだということを察してしまった。神代の目は明らかに葵を卑下している。大金持ちの男爵に身売りして、性懲《しょうこ》りもなくこんな場所にまでのこのこやってきた恥知らずだと非難していた。

神代は初めから葵を牽制《けんせい》しておくつもりで声をかけてきたのだ。

決して葵が考えたような懐かしさを感じたわけでも、現状を心配したからというわけでもなかったのである。

「言いにくいことを言わせてしまって、悪かった」

葵が最後の矜持で平静な顔を装い、さらりと謝ると、神代はフイと顔を背け、「ああ」と短く答えた。

もう何も話すことはない。葵が踵《きびす》を返しかけた時、「おっと」と神代が頓狂《とんきょう》な声を上げた。え、と思った途端、胸元にシャンペンがかかり、真っ白なドレスシャツに大きな染みがついてしまった。

唖然とする葵に、神代は「ごめん、ごめん、手が滑ったよ」と謝りながら、ハンカチーフで汚れを拭き取ろうとする。しかし拭き取ると表現するにはあまりにも乱暴で、かえって汚れを擦りつけようとするかのようだ。

「いい。もう、いいから」

葵は神代の腕を摑んでやめさせた。

今日初めて袖を通したドレスシャツは、誰が見ても眉を顰めるほどはっきりと目立つ染みで汚れている。

神代はわざとそうしたのだ。表面上はさも申し訳なさそうにしているが、目が嗤っている。心中ではきっと舌を出して「とっとと帰れ、目障りだ」と毒を吐いているに違いなかった。

「――もしかして、胸、感じたのか？」

神代が顔を寄せて、ひっそりと耳元で囁く。声には揶揄する響きがたっぷりと含まれている。

「あの男に毎晩弄られてるんだろ？」

葵はあまりの不躾さと破廉恥《はれんち》さに怒りが込み上げてきて、目の前が真っ赤になった気がした。

この目の前に立っている男は、昔葵が一番の級友だと思って親しんでいた男とは別人なのだ。彼は決してこんな失礼で人の気持ちを考えない男ではなかった。――それとも、学生時代彼の小狡さを単に葵が見逃していただけで、こっちが彼の本性なのだろうか。

何もかもがわからなくなる。

自分が見てきたものや信じていたものが、こうも立て続けに、いとも簡単に覆《くつがえ》されると、自分自身の存在まであやしく思えてくる。

今後二度と関わるなと釘《くぎ》を刺しておきながら、尚もしつこく葵を辱める言葉を呟こうとする神代を、葵は思いきり押し退けた。そのまま振り返りもせず足早にその場を離れる。

悔しさに涙が零れかけたが、これ以上の醜態は絶対に曝すものかと、きつく唇を噛んでがまんする。

葵の中で、何かが確実に壊れた。

こんなものなのだな、と思う。人の立場や境遇など、いつでもあっさりと変わる頼りないものなのだ。父が身近な例だったのに、葵は父の尊厳を傷つけたくなくて、家族は皆、欧州に外遊しているだけ、きっとすぐに戻ってきて家の再興に尽くすはずと、必死で信じたがっていた。自分

をごまかしていた。だから自分も以前と何も変わらない高塔葵のつもりでいたのだ。桐梧とのことはあくまで体だけの取引であり、誰もがそれを理解して見て見ぬ振りをしてくれるのだと、いかにもおめでたい、都合のいい考えに縋っていた。

葵はこれまで自分が伯爵家の人間であることを誇りに思って生きてきた。この家に生まれたことがすなわち自分自身の価値だと考えていた部分がなきにしもあらずだった。周囲から常に伯爵家の子息として大切に傅《かしず》かれて育ったのも、それを信じていた原因のひとつだ。

家に使用人がいることも当たり前で、用事は何でも彼らに言いつければよく、神経が苛立っているときなどは、当たり散らしてもいい存在だと勘違いしていたところもある。自分は彼らとは違う。理由もなくそう信じていた浅はかさが恥ずかしい。葵はずっと、あまりにも傲慢な人間だったのだ。

ひとたび家という後ろ盾、拠《よりどころ》がなくなってしまうと、葵はまったく無力で役に立たない存在に変わってしまった。葵自身はなにも変わっていないはずなのに、身分や財産を失っただけで、手のひらを返すように冷淡なあしらいを受ける羽目になったのである。

こんなものだったのだ。

葵もまったく気付かなかったわけではない。

昔は媚びへつらってきていた分家の面々が、一度も安否を気遣う便りを寄越さないのは、葵を大事にしても何も見返りがないと踏んでいるから。薄々はわかっていたのだが、今の今まで葵は認めたくなかった。誰からも顧みられない存在になったことを知りたくなかった。

ある意味すべて自業自得なのかもしれない。

うわべばかりの関係に終始して、他人の本質を見ようとしなかったのは葵だ。適当に自分を持ち上げてくれる者たちとの付き合いに満悦し、得意になっていた。

ばかみたいだ。

顔から火が出るほど恥ずかしい。

気がつくと、庭園の外れまで来ていた。この辺りにはあまり人がいない。

葵は染みのついたドレスシャツを見下ろし、桐梧、と口の中で呟く。ほとんど無意識だった。

もうここにいるのはたくさんだ。

帰って一人になりたい。

さっきまではあまり感じなかった風の冷たさが急に身に沁みてきて、葵はブルッと全身を震わせた。

庭の片隅でぼんやりと佇んでいる自分は惨めで嫌だ。葵は桐梧と待ち合わせした木陰を目指して再び歩き始めた。まだ一時間は経っていないが、葵にはそこしか居場所がない。

今度はもう周囲を見回したりせず、まっすぐ前を向いて進んだ。

ときどき、葵に気づいた華族たちが顔を寄せてヒソヒソと耳打ちしあっている光景が、目の隅に映る。葵は無視して気に留めないようにした。

ユズリハの木が見える場所まで来たとき、突然目の前にぬっと大柄な和装の男が立ちはだかった。葵はギクリと身を竦ませ、足を止める。少し神経が過敏になっていて、周囲の動きに必要以上に緊張してしまう。

「高塔伯爵の三男だな?」

エラの張った強面の大男は、陰気でねちっこそうな目つきをしている。葵はまったく知らない男だ。

「次男ですが」

毅然として訂正すると、些細な違いはどうでもいい、とばかりに男が睨みつけてくる。

「はん。さすがにあの悪党を手玉にとって誑《たら》し込んでいるだけあって、なかなか気の強そうなお坊ちゃんだ」

悪党、と吐き捨てるように言うのは、もちろん桐梧のことだろう。どうやらこの男は桐梧の知り合いで、その関係で葵に絡んできているらしい。振舞酒を飲み過ぎたのか、よく見ればもともと赤黒い顔に酔いのための赤味が加わっていた。

葵が黙っていると、男は図に乗ってきた。

「あそこの土地はオレが買い取る約束になっていたのに、沼田の奴め、裏切りやがった。他にいい買い手がついたからそっちに売ると言うのさ。どこのどいつだ、と調べたら、速見じゃねぇか」

なんのことかわからない。

葵は桐梧の仕事のことなど何も知らないのだから、こんなふうに凄まれて難癖つけられても、筋違いだと言うしかなかった。

「よほどうまくやっているみたいだな？」

「失礼ですが、なにをおっしゃっているのか……」

「気取っても無駄だぞ、この没落華族が！」

面と向かって罵られると、ただでさえ冷たい仕打ちを受けて荒れていた気持ちにますます輪がかかる。頭では理解していても、実際に誰かに罵倒されるのはまた別だ。気分が悪くなってくる。

「いっぱしの紳士面はしているが、一皮剝けば速見はとことん容赦のない営利主義の冷血漢だ。頭の中には儲けることしか入ってない。あいつと競ったおかげで身代潰されて人生めちゃくちゃになった奴はごまんといるぜ。あんたも背中から刺されないよう、せいぜい気をつけな。あいつに対する恨みを肩代わりさせせられるかもしれないぜ」

男が忌々しげに鼻を鳴らして離れていく。

美しい庭園を優雅に闊歩《かっぽ》しながら世間話に興じる真昼の社交場は、見てくれの華やかさとは裏腹に、葵にとってはあまりにも敵意に満ちて刺々しいだけの場所だ。もともとそれほど社交界に馴染んでいたわけではなかったが、かといって嫌っていたわけでもない。ごく普通に参加して、その場の雰囲気に合わせて適当に楽しんでいた。今日のようにあからさまに爪弾きにされ、意地の悪い仕打ちを受け、面と向かって暴言を吐かれるとは思いもよらなかった。

こんなに人が集まっているのに、身の置き所がない不安。

ユズリハの木陰では洋装のご婦人方が楽しげに談笑している。その中に葵も面識のある華族の母子がいることに気づく。母とも親しくしていた人だ。この人もまた、前とは打って変わった冷ややかな眼差しを注ぐのだろうか。

顔を合わせたくない。もう傷つくのは嫌だ。

咄嗟《とっさ》にそう思い、人気のない隅の方を探して踵を返す。

どこに行けばいいのだろう。

この場にいることがひどく苦痛で、息苦しくなってきた。

「おい」

脇目もふらずに歩いていると、いきなり斜め後ろから桐梧に腕を引かれた。

たぶん、葵はどうかしていたのだろう。

この場で唯一頼れる存在のはずの桐梧にまで構われるのが苦痛に感じられ、ただ放っておいてほしいと激昂してしまう。精神を摩耗しすぎたのだ。もう誰とも話したくない、関わりたくないという気持ちでいっぱいになっていた。

「どこに行くつもり――」

「離せ！」

桐梧の言葉を激しい勢いで遮ると、葵は腕を振りほどき、大股で人混みをかいくぐっていく。

「葵っ！」

追いかけてこないでくれ、と思った。

何も考えたくない。話もしたくない。

「きゃあ」

「うわっ、失礼しました！」

楽しい語らいに夢中になっているご婦人方を押し退け、皿やグラスを運んでいる給仕係を驚かせながら、どこを目指すわけでもなく相当な速度で歩き続けた。

何もかもがいっきに嫌になったのだ。

たとえ相手が桐梧でも、今は顔を合わせたくない。

「葵！」

空いた場所に出た途端、桐梧が追いついてきて、乱暴に葵を捕らえる。

「どうした…」

言いかけた桐梧の視線がすぐに胸の染みに落ちる。

葵を追及するつもりだったらしい唇が、真一文字にきつく引き結ばれた。おそらくこれだけでおおよその事情を察したのだ。

桐梧は厳しい顔つきのまま葵の腕を引くと、無言で出入り口に向かった。

まだまだ混雑しているところを通り抜け、表に出る。

ちょうど会場に客を乗せてきたばかりの馬車を、運良く入れ違いで雇うことができた。

「乗れ。帰るぞ」

有無を言わさぬ強い口調で告げられ、促されるまま馬車に乗る。

頭がまだ混乱したままだ。

それでも嫌な場所から離れ、馬車の揺れに身を任せているうちに、少しずつ苛立ちが治まっていった。

傍らの桐梧もむっつりと黙り込んだままだったのだが、ちらりと葵を窺い、落ち着き始めたのを察したらしい。深い吐息を一つつき、話しかけてきた。

少しでも気が紛れればと思って連れ出したのだが、裏目に出たようだ。

桐梧は心中苦く込み上げてくるものを嚙み潰した。

馬車の中で、傍らの葵は桐梧を避けるように窓のほうに体を向けたままじっとしている。頑なに周囲を拒絶し、肩や背中が強張っているのが痛々しい。葵が深く傷ついているのがわかった。

「誰かに、なにか言われたか？」

黙ったままより話しかけたほうがいい気がしたので、桐梧はいつになく控えめな低い声で聞いた。葵の顎がピク、と動く。膝に置いている細い指も微かに震えている。

「あなたが……営利主義の冷血漢で、儲けることしか考えていないとか、いろいろ」

答えないのでは思っていたが、葵は突き放すようなそっけなさでそう言った。

「誰だ、そいつは」

「知らない」

ふん、と桐梧は鼻を鳴らし、葵の全身をじっと見つめた。

肝心な部分は「いろいろ」にあるはずだ。それはわかっていた。だがそれを話す気はないらしい。思い出すのも辛いのだろう。桐梧も無理に聞く気はなかった。ドレスシャツの染みだけでもどれだけ陰湿で悪意に満ちた仕打ちをされたか容易に想像がつき、自分がその場にいれば決してそんな目に遭わせはしなかったと、後悔の念に苛《さいな》まれる。

「……自分が買う約束をしていたはずの土地を、お金を積んだあなたに横取りされたようなことを言っていた」

少し間を空けてから、珍しく葵が言葉を足す。最近では滅多になく饒舌《じょうぜつ》だ。触れて欲しくないことに桐梧が触れるのを恐れて、自分には直接関係ないことを喋ってやり過ごすつもりなのだろう。そんな心配は杞憂《きゆう》だったが、葵が少しでも喋るのは歓迎だった。胸に溜め込むばかりでは健康に悪い。特にここ最近の葵はたくさんのことで悩みすぎているように思える。

「僕には関係ないことなのに」

「そうとも言えないが、確かにそれはおまえの知ったことではないな」

葵がようやく肩を回して桐梧のほうに体ごと向き直った。

瞳には訝しげな問うような色合いが交じっている。

「それはおそらく、高塔家の土地のことだ」

さらりと言うと、葵は目を瞠った。

「なぜ?」

「なぜと聞かれてもな。あの屋敷が気に入ったからとしか返事のしようがない。その男は土地開発業者で、屋敷を取り壊した暁に一般市民に分売するという斬新な計画を持っていたようだが、俺は美麗な洋館をそう簡単に潰して欲しくないと思った。まぁ家具類などはすべて処分されているので今すぐどうしようとも決めていないが、いずれは誰か住み手を探して管理してもらおうかと考えている」

葵が桐梧を凝視したまま、もの言いたげに唇を開きかける。しかしどう言いようもなかったらしく、結局声には出さなかった。

「俺はたまに気まぐれな買い物をする癖があるようだ」

桐梧は自嘲気味に口元を曲げて、誰にともなく呟いた。

葵といい、伯爵邸やその土地といい、たいした散財ぶりだと自分でも自覚しているのだが、金はどうにか工面できるのだ。それに比べると欲しいものはいつもあるとは限らない。これだけの出費をしたせいで、師走《しわす》の後半は働きずくめだったというのが本当のところでもある。もちろん葵は与《あずか》り知らぬ事情だ。

桐梧は葵が語ろうとしない部分について考えた。

一番眉を顰めさせられるのはドレスシャツの染みだが、これはおそらくどこかの意地の悪い知り合いにわざとかけられたのに違いない。園遊会のような華やかな社交場でそういう恥をかかせられれば、さぞやショックだっただろう。衣装を汚されるということは、「帰れ」と言われるのと変わりない。

伯爵家が破産した事情もさることながら、それよりむしろ、桐梧と住んでいることが気位の高い華族たちには同族の恥と映り、非難と排斥《はいせき》の対象になっているのだ。

そう思うと桐梧は、葵を苦しめているのは他ならぬ自分だとしか考えられなくなる。

桐梧が伯爵家の借金返済の条件として葵を手に入れたことを知っているのは、手塚と沼田だけだったはずだ。手塚は葵を手に入れ損なった意趣返しに、そこら中にこのことを触れ回ったのだ。最後の最後まで腹立たしい男だ。まだ金で片がつく沼田のほうが扱いやすい。

葵を自宅に連れてきた経緯《いきさつ》が経緯だから、世間が色眼鏡で見るのはある程度仕方がない。実際、最初の頃は自分でも葵を買ったのだとしか考えていなかった。気持ちがついていく前に体の関係を持ち、後からもしやこれは、と思い当たる間抜けぶりだった。

今となっては認めるのもやぶさかではないが、桐梧は初めて葵と顔を合わせたときから、葵に特別な気持ちを持っていた。

男を抱く趣味はないと言ったのは本当だ。

いや、本当だと自分でも信じていた。

だが葵に関しては、なにも振り袖を着せるまでもなく、桐梧はとっくにその気になっていたのだ。あれは単に葵を辱めるため、もう華族として澄まし返ってはいられないのだと、立場を思い知らせてやるためだけにしたことだった。決して振り袖姿に興奮したのではなかった。

好きだと自覚した以上、葵を大切にしたい。

これまでさんざん自分で辛い目に遭わせておいてなんだが、これからは葵の気持ちを一番に優先したいと思う。

「もしおまえがこの先俺といるのが嫌なら、伯爵邸に移るか？」

横並びに座っていても身を避けて緊張を解かない葵を見ていると、いっそのことそうしてやったほうがいい気がしてきて、桐梧は聞いてみた。もちろん桐梧の望みはずっと葵に傍にいてもらうことだ。だが、元気のない葵を見ているのは桐梧自身やるせない。

「どういう……意味…？」

葵は激しく動揺している。

「さっきの管理人がいるという話だ。おまえ以上の適任もいない気がしてきた」

実は管理がどうのという問題ではないのだが、桐梧はそんなふうに言った。

屋敷を買い戻していたことは、もうしばらく葵には伏せておくつもりだったのだが、ばらしてしまった以上勿体ぶっても仕方がない。いずれは葵に返してやろうと思って大枚をはたいたのだ。

切り出すにはいい機会だった。

「年末からこっち、俺もずいぶんとおまえの態度に苛立たされたが、ここいらで腹を割った話をしてもいいだろう。話もしたくないというのなら、俺もいつまでもこのままでいる気はない。そろそろ潮時だ。確かにずいぶんいい思いはさせてもらったが、それはお互い様だ。しかし、所詮おまえは義務で抱かれていただけだからな。俺もそういう虚しい関係には飽きてきたかもしれん」

唐突だが自由を喜ぶだろうとわざと心にもない言い方をしたのだが、予想と異なり葵は落ち着きなく指を握ったり開いたりしながら俯いたきり、返事をしなかった。

それでも否定しないということは、やはり葵は自分と一緒にいるのに堪えられなくなっているということになるのか。

桐梧は深い溜息をつき、自分からも腰の位置を少し外側にずらした。

二人の間の隙間が更に広がる。

その後馬車を降りるまでの間、お互い一言も話さずに黙り込んだままだった。

勝手にするがいい。

桐梧は馬車から降りる間際に葵にそう告げると、以降全く構ってこなくなった。

どうしてこうなるのだろう。

葵は自分の要領の悪さに苛立ちすら覚えてしまう。

もともと園遊会から帰ったら、桐梧とちゃんと話をしたいと考えていたのだ。自分の抱えている不安を桐梧に打ち明けて、彼の意見を聞きたかった。葵は確かにずっと桐梧を無視して頑なになっていたが、なにも桐梧に不快を感じたり嫌気が差したためではない。少なくともそれだけははっきりさせておきたいと思っていた。

桐梧が葵を園遊会に連れ出してくれた気持ちには感謝している。純粋に嬉しいと感じたし、自分でも久しぶりに気持ちが和むかもしれないと期待していた。

結果としては、学友たちからの心ない仕打ちに、出かけるべきではなかったと痛感させられ、気が晴れるどころの話ではなくなった。しかし、それはあくまでその場の成り行きであって、間違っても桐梧の責任ではない。ただ、葵は馬車の中ではまだ動揺を引きずったままで、とても何かを深く考えられる状態ではなかった。桐梧にいきなり「いっそ伯爵邸に住むか」と聞かれたときには、頭の中が真っ白になり、何一つ言葉を返せなかったのだ。

桐梧は葵の頑なさに辟易《へきえき》として、もう傍に置いておくのが嫌になったのだろうか。ずっと塞ぎ込み陰気な態度を取っていたものだから、機嫌を取るのも面倒になって、匙《さじ》を投げてしまったのかもしれない。

そんな考えがずっと頭の中をぐるぐる回っていた。

せめて一言だけでも、違う、と言えたらよかったのだが、喉が渇ききってしまっており、どうしても声にならなかった。

そのため桐梧は葵の気持ちを誤解して、勝手にしろ、などと投げ遣りな科白を吐いて、いっさい構ってこなくなったのだ。

一度宣言したら、桐梧は徹底していた。

馬車から降りたその足でさっさと書斎に籠もってしまい、夕食も書斎に運ばせる。そして翌朝は、葵が朝食に下りていった時間にはすでに会社に出掛けた後だったという具合だ。その晩の帰宅も深夜零時を回ってからだったらしく、結局葵は丸一日桐梧の顔を見なかった。

わざと避けて顔を合わさないようにしている——。

葵は桐梧のあからさまな態度に、彼が本気で葵との関係を絶とうとしているのを感じ、不安と焦りを募らせた。

このまま終わってしまったらどうすればいい。

ようやく自分の気持ちと向き合う決意をした矢先、桐梧に誤解されたまま望みもしない生家に戻って、一人で両親の帰りを待つなど苦痛以外のなにものでもない。

たぶん桐梧は葵のためにあの屋敷を買い戻してくれたのだ。美麗な洋館をむざむざ取り壊させるに忍びないなどともっともらしい理由をつけていたが、桐梧自身は自分の屋敷であるこの男爵邸を非常に気に入っている。最初から移り住む気があったとは思えない。となれば、当然自分でも言っていたとおり、誰かを管理人として住まわせることになる。桐梧としては、いずれ葵と別れるとき、葵が路頭に迷わず暮らしていけるように、せめて家でもと準備したつもりなのではないだろうか。そうすれば後腐れなくいつでも別れられる。冷酷なようで、実は情の深い桐梧らしい考え方だ。

いずれはそれでも構わないし、桐梧の気遣いはありがたいと思う。

けれど、葵としては、今すぐそうなってしまうのはどうしても納得がいかなかったし、嫌だ。もうだめなのだろうか。遅いのだろうか。

先を長く望むわけではないが、もう少しだけ桐梧の傍にいたい。

それが無理なら、せめて最後にもう一度、抱いてほしい。このままろくに顔も合わせられない状態のままで出ていけば、葵は一生後悔する。後悔したくなければ、自分から桐梧に頼むしかないのではなかろうか。

葵はありったけの勇気を集めていた。

二人のようすがおかしいことは使用人たちも気づいているはずだが、皆葵をそっとしておいてくれ、何も聞かないし言いもしない。

桐梧の帰りが遅いのはここ三日毎晩のごとくだったのだが、昨夜はとうとう帰宅しなかった。遊郭にでも泊まったのか、それとも単に友人の家などで語り明かしただけなのか。とにかく葵はもう一刻も悠長にしていられないと決心した。

「今夜も遅くなられるかもしれませんよ」

いつもならば午後十一時前には部屋に引き取る葵が、今夜は桐梧の帰りをここで待つと言って居間に座ったきりなので、執事が心配した。

「明日の朝、お勤めに出られる前に旦那さまのほうから葵さまの部屋を訪ねていただくよう、わたしからお願いしてみましょうか」

それでは意味がない。

桐梧は憮然として「何の用だ」と煩わしげに急かすだけだろう。第一、十分に話し合える時間がない時に会うのは逆効果だ。

葵が「せっかくですが」と首を振ると、執事もそれ以上は口を出さなかった。

桐梧を待って一人で起きている夜は長い。

何をする気にもなれないから、ひたすらに安楽椅子の上で両足を抱え込んで丸くなり、じっとマントルピースの上の置き時計を見ているだけだ。時計の針の進み方が、苛々するほど遅く感じられる。

昨日は帰らなかったのだから、今日はせめて午前零時前には帰るだろう。

けれど、まずその期待はあっさりと裏切られ、そこから先が耐え難いほど長かった。

しんと静まり返った屋敷中で聞こえるのは、真冬の強い風が庭木の梢《こずえ》を鳴らすザザッという不気味な音と、それとは対照的な、マントルピースの中で薪《たきぎ》がパチパチ弾ける暖かみのある音くらいだ。

桐梧と会ったらまずどう言おうか、と考えあぐねているのだが、いつまでたっても良い案は浮かばない。……どうせ決めていても、葵にはそのとおりになど言えないに決まっている。桐梧の顔を見たら、それだけで泣きだしてしまうかもしれないのだ。どちらかというと、そっちの心配をしたほうがいい。

心地よい部屋の中でぼんやりとしているせいか、瞼が少しずつ重くなってくる。ここのところよく眠れていないので、体が疲れているのだろう。

カチャリ、と遠くで微かな音がした気がして、ハッと閉じかけていた瞼を開く。

午前二時に近い時刻だった。

帰ってきた。葵は緊張に胸を震わせた。こめかみまでトクントクンと脈打つほどの慌ただしい血の流れを感じる。

予想以上に早く、居間のドアがノックもなしに押し開けられた。

「市橋、まだ起きて――」

てっきり居間にいるのは執事だと早合点したらしい桐梧は、葵と顔を合わせるなり唖然として中途半端なまま唇を閉じる。

「……なんだ」

おまえだったのか、と続く言葉は、聞こえるか聞こえないかの呟きで終わってしまう。

まともに顔を合わせたのは四日ぶりだ。

疲労の滲んだ顔を煩わしそうに顰め、外の強い風で少し乱れている髪を乱暴に掻き上げる。

「なぜ寝ない」

桐梧は葵から視線を逸らしたままぶっきらぼうに聞く。ただでさえ疲れているのに、自宅でまで見たくない顔を見るのは不愉快だ、とでも思っているのか、ひどく苦々しげだ。

たちまち葵は萎縮してしまった。

桐梧を引き止めて、話があると切り出すのが躊躇われる。

ましてや、抱いてくれなどとどう頼めばいいのだろう。

葵が返事に迷って言葉を探しているうちに、桐梧はさっさと諦めたようだ。もともと返事があ

ることなど期待していなかったのだ。

こちらにまで冷気が伝わってくるような冷えた外套を脱いで安楽椅子の背に投げかけ、喉元のタイを緩める。

「もう上に行け」

桐梧は感情の籠もらない淡々とした調子で短く命じた。

「俺はまだ仕事があるが、おまえは早く寝ろ」

葵はごく、と唾を飲み込み、勇気を奮いたたせる。ここで退いたら、なんのために今晩待っていたのかわからない。明日の晩、桐梧はまた戻らないかもしれないのだ。これ以上こんな虚しい毎日が続くのはたまらなかった。

「桐梧、話がある」

先に居間を出ようと踵を返したばかりだった桐梧がピタリと動きを止める。

顔だけ斜め後ろに向けて葵を振り返った目には、当惑が浮かんでいた。

「なんだ」

低く冷ややかな声で促されて、葵はまた次の言葉を続けるのにしばらく躊躇ってしまった。こんなぎくしゃくした雰囲気の中ではとてもうまく話せない気がする。

やはり、またの機会にしたほうがいいのだろうか。

明後日の日曜日なら、桐梧も一日家にいるかもしれない。そのとき落ち着いて向き合ったほうが、今夜機嫌が悪そうなところを無理に引き留めるより、いい結果になるかもしれない。

話があると言い出しておきながら間をつくる葵に、桐梧は苛立ちを隠さなかった。

「俺は忙しいんだ。話というのはここから出ていく日にちのことか？」

葵は虚を衝かれた。どうやら桐梧はまるで逆のことを考えているようだ。

否定するより先に、桐梧が首を元に戻し、背中を向けたまま続ける。

「だったらいつでも好きにしろ。向こうの屋敷は一度徹底的に掃除させたから、十分住める状態になっているはずだ。とりあえず必要な家具だけ揃えればいい。その分の金と当面の生活費は持たせてやるから、市橋から受け取れ」

「そうじゃなくて……」

声が掠れかける。

葵は一度軽く咳払いして、頑なな背中に向かって一生懸命に言葉を出した。

「……僕はどうしても出ていかないとだめ、ですか」

「どういう意味だ」

桐梧がもう一度振り返った。今度は体ごと葵に向き直る。

出ていきたくない。傍にいたい。

一度思いきって口にしたら、次々とそんな感情が強く込み上げてきた。

こうして桐梧と向き合っているだけでも鼓動が高まる。もっと近くに来て、以前のように乱暴でも強引でもいいから触れて欲しいと思う。

きゅっ、と胸が引き絞られるように苦しくなった。

同時に体の奥がじんわりと疼く。

「僕はもう少しここにいたい」

桐梧が自分の耳を疑うような表情をする。相槌を打つのもままならないほど茫然としているように見える。

「ずっとなんてわがままは言わない。せめて桐梧が結婚するまででもいい」

躊躇いを捨てた後、言葉は次々と零れてきた。

「もう僕には当初のような価値がないのなら、代わりのことをする。一生懸命に働くので、ここに置いてほしい」

「何を言い出すんだ、おまえは」

そこでようやく桐梧も我に返ったようだ。

「だめですか」

「いいとかだめとか、そういう問題より先に、俺にはまずおまえの気持ちがさっぱり理解できない」

桐梧の顔には戸惑いと困惑、そして微かにではあったが、半信半疑の期待のようなものまで窺えた。心なしか声も上擦っている。

「俺はおまえを苦しめたくて出ていけと言っているわけじゃないぞ。おまえが俺といる限り気持ちが休まらないようだったから、それならもう離れてやろうと思っただけだ」

「僕が年末からずっと塞ぎ込んでいて、失礼な態度ばかり取っていたからそう思ったのなら、ごめんなさい」

「葵」

桐梧がゆっくりと葵の傍まで歩み寄ってくる。

葵も安楽椅子から立ち上がった。

「俺のことが疎ましかったんじゃなかったのか」

葵ははっきりと首を振って否定した。

「……むしろ、逆の気持ちで、僕は……怖くて……」

情けないことに涙がじわりと湧いてきた。心配していたとおりだ。葵の涙腺は本当に弱い。高ぶった感情が、自分の言葉にすら過敏に反応してしまい、心を揺さぶるものだから、こんなふうになるのだ。慌てて目元を指で押さえたが間に合わず、ツーッとひとしずく涙が頬を流れ落ちる。

「葵」

桐梧の腕で腰を引き寄せられ、あっという間に抱き竦められていた。

広い胸に抱き締められたとき、葵の張り詰めていた緊張は、音を立ててブツリと切れた。涙が止まらなくなった。おまけに噎《むせ》ぶような泣き声まで出てしまう。声を出して泣くのなど子供の時以来だ。溜め込んでいた感情の大きさに我ながらびっくりする。

「……葵」

抱き締めてくる腕の力がますます強くなる。

桐梧は葵の後頭部を大きな手で撫でながら、髪に鼻を埋めた。深く息を吸い込むのが胸の動きでわかる。五感すべてで葵を確かめようとしているみたいだった。

「俺はおまえにとって酷い男じゃなかったのか?」

違う、と葵はくぐもった声で答えた。

「俺のような成り上がりに金で自由にされて、最初は虫酸が走るほど嫌だったんだろう? いつから一緒にいたいなどと思うようになっていたんだ」

「わからない」

たぶん、抱かれることに慣れ、感じることを覚えた頃から、少しずつ気持ちも桐梧を受け入れていった気がする。悪い男ではないのだ、本当は情の深い優しい男なのでは、と徐々に意識が変わっていき、嫌悪より愛情を強めていったのだ。使用人たちに心の底から信頼され、尊敬され、また愛されている桐梧を知り、あらためて彼という男を見直しだしたことが、直接のきっかけだったかもしれない。

「おまえはきっと後悔するぞ。俺といる限り男妾《だんしょう》と世間に嘲笑われるとしたらどうだ。そんな屈辱をがまんできるか？」

これに頷くのはいささか勇気が必要だったが、葵にとって大事なのは桐梧といることで、その他に関してはいくらでも譲歩の余地があることなので、迷いを振り切った。

「ひとりじゃないなら、僕は堪えられる」

桐梧が葵の顔を上向かせ、荒々しくくちづけてきた。

「あっ……」

久しぶりに触れ合ったせいなのか、葵の頭の中に閃光が走り、全身に鳥肌が立った。それはもちろん嫌悪からではなく、激しい興奮からだ。

「おまえを買うようなことにするんじゃなかった」

くちづけの合間に桐梧が熱に浮かされたように言う。

「普通に会って、気持ちを自覚してから、対等な関係で付き合ってほしいと申し込めたらよかったんだ」

確かにそうしていれば、少なくとも世間からあからさまに興味本位の視線を投げかけられることはなかっただろう。手塚にあることないこと吹聴されずに済み、秘密の恋をゆっくりと育てられたかもしれない。しかし今更そんなことを言っても仕方がない。それに葵はもう世間に対してはどう思われても構わなかった。葵にとって大事なのは世間体ではなく、桐梧といることそのものなのだ。

葵の腰に当たる桐梧のものが硬く頭を擡げていた。

意識した途端、目も眩《くら》むほどの欲情に襲われる。

「桐梧」

葵は熱い吐息を漏らし、桐梧の胴を強く抱いて更に自分から体を押しつけた。葵の前も痛みを感じるほど張り詰めている。

「桐梧、欲しい」

一刻も早く裸に剝かれて抱き締められたくて、葵は焦れたようにねだっていた。

「お願い。仕事があるのはわかるけど……んっ」

桐梧が憎たらしそうに葵の唇を塞いで言葉を遮った。

「ばか。俺を試すようなことを言うな。それが最初から言い訳なことくらい察しろ」

桐梧の顔は柄にもなく真っ赤になっている。葵から初めてこんなふうに積極的に求められて、狼狽えているようでもあった。

「来い」

わざとのようにぶっきらぼうな口調で促され、葵は桐梧に腕を引かれて居間を出た。

「おまえの体に俺の気持ちをたっぷりと教えてやる」

ただでさえ火照っていた体がますます熱くなる。桐梧の愛撫を期待して震える体は恥ずかしいほど貪欲だ。けれど葵は、桐梧が望むならどんなにでも淫らになりたいと思うのだった。

葵の気持ちがこんなふうに変わっていたとはまるで気がついていなかった。それは桐梧が彼の口からはっきりとした拒絶や否定の言葉を聞くことを恐れるあまり、いつも一歩退いたところで接していたせいかもしれない。事業に臨むときのように鋭い洞察力を働かせ、葵の一挙手一投足に注意していれば、もう少し早くから気づいていてもよかったはずだ。

ばかげた遠回りをしたものだ。

桐梧は無駄にしてしまった時を取り戻すように葵を強く抱き竦めた。

「苦しい……、そんなにしたら、苦しい、桐梧」

あまりにも力のこもった抱擁に、葵がきれぎれに弱音を吐く。

桐梧は細い体がぐったりとして凭れかかってくると、ようやく少し腕を緩める。

「このくらいで音《ね》を上げられては困るな」

「音は上げないけれど」

葵が強気に言い返す。

ようやくいつもの葵に戻ったな、と思って桐梧は嬉しくなった。負けず嫌いで気が強くてプライドが高い、本来の高塔葵だ。男好きでもなんでもなかった桐梧を一日で虜《とりこ》にさせた美貌と相まって、このきつめの性格が愛しい。

「おまえは強情だ」

桐梧は薄笑いを浮かべつつ、葵の瞳をじっと見据えた。

長い睫毛が気恥ずかしげに何度か瞬きする。けれど視線は外さない。

リボンタイをあしらったブラウスの襟から覗く葵の細い首が、ほんのりと赤く色づいている。

桐梧は蝶結びされていたリボンの片端を引っ張った。シュルリと絹が擦れる音を立て、タイが解ける。更に貝でできたボタンを器用な指で次々に外していった。

「あっ」

ブラウスの中に手を滑り込ませ、平手で薄い胸を撫でると、葵はビクッと肩を揺らす。

「敏感だな」

「……あ、あっ」

耳に息を吹きかけ、赤い耳朶を甘噛みしながら、指の腹で胸の粒をグルグルと弄る。ほんの小さな突起だったものも、しばらく擦ったり摘み上げたりしていると、ぷっくりと膨れて硬くなる。

「こんなところまで硬くして、いやらしいやつめ」

「いやっ……あ」

葵が前のめりになって桐梧の執拗な指から胸を少しでも遠ざけようとする。ずっと弄られ続けていると耐え難い刺激が下半身にまで伝い落ちるらしい。葵はいつも身を捩って嫌がってみせ、逆に桐梧の劣情を煽る。こんなに感じてくれるなら、なかなかやめる気にならない。もっともっと喘がせて、色っぽい声を聞きたくなる。

体を引いて「く」の字に折れた葵の腰に腕を回し、逆に自分の腰に密着するように引き寄せた。そのまま今度は上半身を後ろに反り返らせるように倒す。葵は背後に転倒することを恐れて、桐梧の胴に両腕でしがみつく。

その格好で無防備に突き出された胸の突起を、桐梧は唇で挟んだ。

「うう…ん、あっ」

嫌々をするように葵が頭を振る。

「ああ、あっ、……いや」

ブラウスの下で温まっていた白い肌から立ち上る石鹸の香りが、桐梧の鼻を心地よく擽《くすぐ》った。

「いい匂いだ」

桐梧は飽きずに胸に顔を埋め、充血して完全に勃ち上がった両の突起を、唇や舌で交互に愛撫する。

「や……お願い。感じすぎて…」

もう変になる、と瞳を潤ませた葵の体から力が抜け、腰を支える桐梧の腕にぐったりと身を任せてくる。桐梧は胸を弄るのをやめて葵の背中を引き起こし、仰け反ったままの顎先に軽いくちづけをした。

「おまえが色っぽい声を出すのが悪い」

「出してない」

葵が涙目で桐梧を睨みながら拗ねたように唇を尖らせる。

「あなたが出させるんだ」

口の減らない男だ。

桐梧は楽しくなって、葵のズボンを下着ごと下ろし、袖を通しただけの状態だったブラウスも肩から落とさせると、傍らの寝台に押し倒した。

天蓋付きの広い寝台の上で葵の体にのしかかる。

ギシリと寝台のバネが軋む。何度耳にしても二人で寝台にいるときの、この音は淫靡だ。

葵が期待に満ちた瞳で桐梧を見上げ、小さく喉まで鳴らした。

「久しぶりだな、葵」

額に散らばるサラサラした髪を払った指をそのまま頬にまで滑らせ、顔の容《かたち》を確かめるように撫で回す。

「――本当のところ、俺はずっとおまえに触れたくてたまらなかった」

「桐梧」

「一時期は毎晩のようにここで寝ていたからな。やせ我慢をしていたが、仕事をして気を紛らせながらも、ふらちなことばかり考えていた。嫌われついでに、いっそのこと縛りあげて無理強いしてやろうかと思う瞬間も何度かあったが」

葵の頬にたちまち朱が差す。色白なので、赤くなったり青ざめたりといった変化がとてもわかりやすい。赤くなって動揺する葵はどこか頼りなげでか弱く思え、桐梧の庇護欲と愛情をかきたてた。

桐梧は小さな唇を指の腹で撫で、

「目を閉じろ」

と優しく耳元に囁きかけて、ゆっくりと唇を合わせていった。

葵の唇は柔らかくてほんのり甘い。

啄むように何度か口唇を吸い上げたのち、隙間を押し広げるようにして粘膜をくっつけあう。

「ん……」

ちゅっ…と濡れた音が静かな室内に響く。

枕元の明かりがついたままなので、葵のせつなげな表情がはっきりと見て取れる。清冽《せいれつ》な美貌の中にときおり交じる熱く淫らな欲情の陰が、桐梧の官能を煽る。

濡れた舌を葵の口の中に滑り込ませた。

「うっ、ふ…っ……ん」

葵にはこの深いくちづけが、下半身でひとつになるよりもずっと淫猥に感じられるようだ。舌を絡めて唾液を啜りあったり、口中をくまなくまさぐって敏感な部分を擽ったりすると、たまらなさげに喘いで、桐梧の背中に指を食い込ませる。

くちづけをしながら、胸の突起にもまた指を使ってやった。撫でたり弾いたり摘んだりすると面白いように全身を震わせて反応する。最初の夜から感じやすい体だとは思ったが、今に胸を弄るだけでいけるようになりそうだ。

腹の下で身悶える体を見ているだけで、桐梧の股間は硬くなり、一刻も早く葵の中に入りたい欲求に駆られる。葵に手を出さなかった間も、他の人とは寝ていない。よくがまんできたものだと我ながら感心する。

欲求は強烈にあったのだが、桐梧は焦らないようにと心がけていた。何日ぶりかで開く葵の体を少しずつ慣れさせ、傷つけることなく快感を共有できるように準備が整うまで、慎重な前戯を施す。

ほっそりした足を開かせて、硬く窄まった入口の襞に舌を這わせる。

「いやだ、桐梧」

葵が驚いて足を閉じようとする。

「閉じるな」

「でも――あっ、あ！」

他の誰にもこんな真似はできないが、葵だから桐梧も躊躇わずにするのだ。

「ああぁ、やめて。そんなこと、しないでくれ」

しないでと哀願しながらも、葵の前は勃っている。

桐梧は汗で湿った淡い下生えを指に絡めて弄び、喘ぐように震えているものを口に含んだ。

「ああ、んっ、あ」

余分な脂肪などいっさいない美しい腹部がピクピクと引きつる。

先端を舌先で擽ると、さっそく濃厚な体液が滲んできた。葵もずっと飢えていた証《あかし》のような気がして、嬉しくなる。こんなに綺麗な男なのに、こういう部分は他の男と何も変わらない。禁欲的な見てくれを裏切って、葵は人一倍快感に弱いし、乱れやすい。

茎に口を使う代わり、奥の蕾には指を差し入れた。

十分濡らしておいたので、幾重にも繊細に折り畳まれた襞はずいぶん従順になっている。宥め賺《すか》すように撫でていると、そのうち自分から物欲しげに収縮し始めて、隙間を作った。

すかさず中指をぐぐっと挿入させる。

「あああ！」

葵の腰が跳ねた。

締めつけのきつい狭い筒の中は、しっとりと濡れて熱い。入り込んできた異物である指を食い締めて、淫らに喘ぐ。

「欲しかったらしいな、葵」

「やめて」

言葉で嬲られるのに弱い葵は耳を塞ぐ仕草をしながら頭を振る。

どうせすぐになりふり構っていられなくなり、自分でもはしたないことを口走るとわかっているのだが、まだ少し理性が残っているときのこの初々しさが微笑ましい。慣れてしまって羞恥心を失いあけすけになり、興が冷めてしまう人が多い中、葵のプライドの高さと意地の張り方は桐梧の好みだった。できればずっとこのままでいて欲しい。たぶん葵はどんなに長く付き合っても、桐梧を失望させない気がする。

付け根まで入れた指を抜き差ししながら、前の茎を口淫する。

葵が果てるのは早かった。

「あああっ、だめ、もう、出る」

出るから離して、と叫ぶのを無視して、強く吸い上げる。

「いや、いやっ、あーっ！」

葵はとても長くがまんできる状態ではなかったようだ。嬌声を上げたのと同時に、口に銜えられたまま放つ。いくときに筒の内側と入口がきつく収縮し、中に入り込んでいた桐梧の指を強く引き絞ってきた。

いったん後ろから指を引き抜き、放ったばかりの前を丁寧に舌で清めてやる。

「うう、う」

葵は桐梧に嚥下されたことがショックだったようだ。桐梧が身を伸ばしてきて真上から顔を合わせると、涙の浮いた目で恨めしそうに桐梧を睨んでくる。

「そんなに怒るな」

今更、である。互いのものを飲んだり飲ませたりするのは、前に何度もやっていた。

「おまえのものは全部俺のものだ、葵」

葵はまだ何か言いたげではあったが、その言葉に強く心を動かされたらしく、面映ゆそうに睫毛を伏せて、尖らせていた口元も緩めた。

「……いい子だ」

軽く頬に接吻する。

気持ちが落ち着くと、葵も遠慮がちに桐梧の股間に手を伸ばしてきた。

細い指で大きさと熱を確かめるように全体を握られる。触れられた瞬間、ビリリと体の芯まで刺激が走った。

ほう、と葵の口から期待に満ちた吐息が零れた。

そして、桐梧が何も言わないうちに、自分から体をずらして桐梧のものを銜えようとする。

「葵」

桐梧は葵に、腰をこちらに向けるよう言った。

そうするとどんなに恥ずかしいことになるのか、葵も当然気づく。

「それは、いやだ」

「おまえはなんでも一度いやと言わなければ気がすまないようだな、葵」

二度目に強く促した時、葵は不承不承に従った。

仰向けに横たわった桐梧の上に葵が逆さ向きに乗る。胴を跨《また》いで腰を突き出す格好で顔を股間に伏せる強烈な姿を曝すことになり、葵が嫌がるのも無理はなかった。

サイドチェストの明かりに照らし出された葵の秘部を、両手の指で左右に分け、入口を広げて奥を見る。

「あっ、あ」

桐梧のものを可愛い舌で舐めていた葵が呻く。

恥ずかしさに腰を捩って逃れようとするので、桐梧は「じっとしていろ」と叱った。

葵の恥ずかしい部分は色も形も綺麗で、桐梧を改めて感嘆させた。さっき少し慣らしておいたので、指一本は楽に呑み込む。強い抵抗感はあるものの葵もそれほど苦痛は感じなかったようだ。むしろ内側を擦られて感じたらしく、口淫の合間に小さな喘ぎ声を放った。

指を二本に増やし、筒を押し広げたり抜き差ししたりして、葵が自分の口で濡らしている桐梧のものを受け入れさせても傷つかないようにする。

愛しているからひとつになりたい。

桐梧はそれが自分の気持ちなのだとしっかり自覚した。

ただ綺麗で可愛いと思うから股間が大きくなり、葵の中で満足したいというだけの即物的な気持ちで行為に及んだのは、本当に初めの頃だけだ。

それが少しずつ違うように感じられだしてからも、最初は違和感の理由がわからなかった。

いくら美しく艶っぽくても葵は男だ。肉欲の対象にはかろうじてなり得ても、恋愛の対象になるとは考えられない。ただ葵を見るたびに、そして抱き締めるたびに、なんとも言いようのない熱い想いが込み上げてきて胸苦しさを感じ、戸惑うばかりだった。

奥に差し入れた指で、凝《しこ》りの部分を押し上げる。

「あああっ、あっ」

股間で揺れている葵のものに雫が浮かぶ。

そのまま何度かそこを撫でたり突いたりして刺激すると、いよいよ葵はたまらなさそうに腰を揺すりだす。

「いや、だめ。——あああ」

雫が大きくなり、つーっと透明な糸を引いて落ち、桐梧の胸板に滴る。

「またいったな」

「ああ、うっ……う」

「気持ちよかったか」

「聞かないで」

「どうして。俺は責めてない。おまえが後ろだけで気持ちよくなれたのなら俺も嬉しいというだけで、他意はないぞ」

「よくなんて、なかった」

葵は羞恥心からか、強情に言い張る。

フン、と桐梧は鼻であしらう。

嘘つきめ。

いつまででもこうして葵を揶揄し、かわいい会話を続けたいのは山々だったが、そろそろ桐梧自身も限界になってきた。

後ろだけでいかされてしまった自分自身に驚き、混乱している葵の腰をひっくり返すと、桐梧は細い体をシーツに仰向けにして押さえ込んだ。

「もう泣くな」

涙で濡れた頬を平手で撫でる。

震えている唇には自分の唇を押し当てた。

「……泣いてもいいが、今度はべつのことで泣け」

「桐梧」

体を官能が走り抜けたらしく、葵はブルッと一度大きく身震いすると、目を閉じて桐梧の首にしがみついた。

慎ましやかな貴公子然として取り澄ましているだけではない葵が、桐梧はとても好きだ。人間なら当然持っているはずの情動に素直で、表面だけ上品ぶって隠そうとしたり、素知らぬ振りをしたりしない。それでいて匂い立つような気品はなくさないのだ。

華族が皆、桐梧の憎しみを掻き立てる存在だというわけではないことは、もちろん承知しているつもりだった。

けれど、葵と出会うまで、葵を深く知るまでは、感情的な部分で納得できずにいた気がする。心のどこかで、でも結局は似たり寄ったりの嫌な連中、というように一括《ひとくく》りにし、彼らの高飛車さ、意味のない自尊心、自分たちは特別だと勘違いする傲慢さなどを、激しく嫌悪した。

葵にもそういう水の中で育った影響は多少なりと見受けられたが、桐梧の予想以上に柔軟な考えの持ち主だったようだ。深く考えたこともなく慣習的にしていたことに、恵まれた身分や立場ゆえの勘違いがあったとわかれば、すぐに態度を改めていた。

何より桐梧が微笑ましいと感じたのは、葵が使用人たちと親しく交わりながら、自然とここでの暮らしに溶け込んでいったことだ。葵を見直し、愛しいと想い始めたのは、案外それがきっかけかもしれない。

淫らで綺麗で可愛い葵を、桐梧は心の底から愛している。

桐梧はそれを葵にもわからせるように、彼の太股に、兆して大きく勃ちあがっている自分のものを擦りつけた。

葵が微かに息を呑む。

「欲しいか？」

入口の襞に先端を押しつける。

早く、と求めるように入口がはしたなく収縮し、桐梧を取り込もうとしている。

葵もその浅ましい痴態を自覚しているようで、どうしようもなく狼狽えていた。

「……欲しい」

聞こえるか聞こえないかというくらいの声で葵が答えた。

「いい子だ」

一気に葵の中を硬く長いもので穿《うが》つ。

「あああっ」

葵の唇から歓喜に満ちた喘ぎ声が迸り出る。

その艶《なま》めかしい声に、桐梧はたちまち冷静さをなくした。

細い腰を抱え上げて膝が胸につくほど折り曲げさせ、シーツから浮き上がらせたところに、激しい勢いで勃起を抽挿させる。

「やっ、あああっ、あ」

締まりのいい葵にはきつすぎる抜き差しだと想像できたが、桐梧ももう抑制できない。

襞を巻き込んだまま捻り混み、一度戻して抜いては、またより深くまで突き上げる。太いものをいっぱいに受け入れている入口は限界まで引き伸ばされており、荒々しく擦り立てられるので赤く充血している。それでも丹念に濡らして解していたので裂けはしていないようだった。

「桐梧、桐梧」

葵が惑乱したように連呼して、背中に爪を立てる。

「あああっ、だめ！」

感じる部分を強く押し上げた途端、背中に鋭い痛みが走った。葵が立てた爪を滑らせたのだ。

「だめ、だめだ、もうだめ」

「葵」

感じる、いく、と泣きじゃくりながら、葵は何度も失神しかけた。いずれもほんの一瞬で、すぐにまた次の刺激で呼び戻され、あられもない悲鳴や嬌声を上げる。

愛しさのあまり桐梧はまるで手加減できなくなってしまった。

想いの丈《たけ》を籠めて突き上げ、葵が泣いて背中を引っ掻いてくると、更に興奮して腰を使う。寝台の軋みと粘膜の擦れあう湿った音、葵の切羽詰まった喘ぎ声。

葵に与えた広い部屋の中で、行為は明け方近くまで続いた。

これほどいいとは思わなかった。今までも葵との行為は充実していて楽しいと満足していたはずなのだが、気持ちを確かめ合った上でのものとは雲泥の差だ。

桐梧が葵の奥に相当な量を迸らせたとき、葵もまた後ろだけで果てた。ほとんど出すものは残っておらず、射精の伴わない悦楽の凄まじさに、しばらくは体の痙攣を収めきれずに泣いていた。

「大丈夫か」

ぐったりとした葵を抱き竦め、頭を撫でて宥めてやる。葵は返事をする余力も残していないようで、じっと抱かれたままでいる。そのうちに、寝入ってしまった。

もう外は薄く日が差してきていたようだが、桐梧も葵を腕にしたまま目を閉じた。

心も体も気持ちよく疲れている。

今日はもう外には出ない。葵と一日確かめあいたい。仕事のことや家のことは、信頼している雇い人たちがどうにかうまく裁いてくれるだろう。

腕の中の柔らかな温もりが桐梧をかつてなかったほど幸せな気持ちにしている。

綺麗な髪に鼻を埋めると、洗髪剤のよい香りがする。葵はどこもかしこも理想的だ。よくこんな男と知り合え、しかも同じように気持ちを通じ合わせられたものだ。腹立たしかった伯爵との一連の出来事にも今は感謝したくなる。末息子をもらう代わりに、あの屋敷と土地を彼らに返してもやっていいくらいだ。ただ返すのでは向こうもプライドが傷つくだろうから、売るほうがいいかもしれない。十年か二十年かけてでも少しずつ返済してもらえれば、桐梧としてはまったく問題ない。

葵の穏やかな寝息を聞きながら、どうでもいいことまでいろいろと考えているうち、桐梧も眠りに入っていった。

「葵」

部屋のドアがせっかちに叩かれて、返事もしないうちから開かれる。

惚れ惚れするほど格好良く略式礼装を着こなした桐梧が、少し苛立った表情でドアの隙間から姿を見せる。

「用意ができたのなら早く来い」

「わかっている。今いくから」

まだそれほど焦らなくてもいい時間だと思うのだが、春の陽気に誘われるのか、桐梧は早く表に出たくてたまらないようだ。

桐梧から贈られた時計を腕に巻きつけ、鏡でボータイに歪みがないかを確認すると、葵は廊下に出た。出た途端、待ち構えていた桐梧に抱き締められる。

「桐梧」

「俺を待たせた罰だ」

言うなりくちづけをされた。

「んっ……あ……」

桐梧の巧みな唇と舌で責められると、葵はすぐに翻弄されてしまう。

「……だめ、だ」

出かける前にこんな濃厚なくちづけをされたら、桐梧の誘いに弱い葵の体は疼き、外出など取り止めたくなる。もう一度部屋に戻り、二人のための広い寝台で、せっかく綺麗に身支度した服も髪も乱して、思う存分抱いて欲しくなるのだ。

「桐梧……だめだって……」

途切れ途切れに抗うが、葵はすでにぼうっとなっていた。

チュッといかにも名残惜しそうな音を立てて桐梧が唇を離す。

葵は深い吐息をつき、桐梧の胸に一度頬を寄せて凭れてから体を引いた。

「相変わらず強引だな」

「ああ。おまえのせいだ」

またか、とおかしくなる。桐梧は何かというと二言目にはこらえきれない情動を葵のせいにする。

「こんな服は罪作りだ」

「じゃあ僕に十二単《ひとえ》でも着せたいのか?」

葵が冷やかすと、桐梧は満更でもなさそうな顔になった。

「そうだな。それもいいかもしれない。あれを着せていればおまえは一日中この部屋に座っているしかないんだから、俺が好きなときにいつでも押し倒せる」

「今でも十分に押し倒していると思うけど」

「まぁそれはそうだが」

周りが聞けば赤面してしまいかねないような恥ずかしい遣り取りだ。葵は桐梧の胸を軽く拳で叩くと、先に歩き始めた。桐梧がすぐに追いついてきて肩を並べる。

階段を下りたところで執事が待っており、馬車が着いていることを告げた。

「いい天気でよろしゅうございましたね」

「ああそうだな。きっと桜も綺麗に咲いていることだろう」

「お気をつけて行ってらっしゃいませ」

執事に見送られて二人は馬車に乗った。

今日は春の園遊会だ。見頃になっている桜の木の下を練り歩きながら、紳士淑女が歓談したり軽く酒を飲んだりする恒例の行事で、客層は新年に開かれた園遊会の時とほぼ同じになるはずだった。

「本当に、よかったのか？」

桐梧がさっき葵を廊下で抱き締めたときとは違う、真剣で厳しい表情を浮かべて聞く。

「もちろん」

葵は桐梧にいらぬ心配をさせないため、にっこり微笑みながら答えた。

新年の園遊会では辛い目に遭って動揺したが、今の葵はあの時の不安定な葵とは違う。あれは間が悪かった。ちょうど桐梧との関係に悩んで煮詰まっていた時で、気晴らしのような軽い気持ちで参加したところを、出鼻を挫《くじ》かれた形になったので動揺したのだ。

今、葵の傍らには桐梧がいる。

葵は桐梧が膝に置いていた手に自分の手を重ねると、きゅっと上から握り締めた。

「葵」

桐梧が手を反転させて、しっかりと握り締めてくる。

そのまま磁石が引かれ合うようにくちづけをした。唇を触れ合わせるだけの行為にも、体の奥が疼いてしまう。昨夜の行為の余韻がまだ葵の体に残っているのだ。時間さえあれば毎晩している行為なのに、何度しても飽きない。飽きるどころか、歯止めが利かずに寝室以外の場所でも時にはする。庭先の木に縋りついて立ったまま背後から貫かれたことすらあった。あのときの乱れぶりを思い起こすと顔から火が出る。外がずいぶんと暖かくなってきた、と桐梧に誘われ、庭を散策していたときで、つい先週のことだ。

「あまり色っぽい顔をするな。また押し倒したくなる」

「あなたに付き合っていたら僕は体がもたない」

「でも、好きなんだろうが」

葵は返す言葉に詰まり、軽く桐梧を睨む。

好きなのは好きだが、桐梧とだからいつもあんなに夢中になって燃えるのだ。

桐梧は葵の頬を羽毛が触れるようにそっと撫で、まだ握ったままだった手を持ち上げて、指先に唇を当てる。

「昨夜のおまえを思い出すと、園遊会なんかさぼって、どこか他の場所に行きたくなる」

それは葵も同じ気持ちだったが、今日は久しぶりに兄夫婦にも会うので、桐梧のわがままに付き合うわけにはいかない。

園遊会の会場付近にはたくさんの馬車がたまっていた。

桐梧は少し手前の空いたところで降りると、葵を連れて往来を横切って歩き、門から庭園の中に入っていく。

新年のときより気候のいい今回のほうが招待客の集まりもいいようで、人が多かった。

記帳を済ませて奥に行く。

「本当に俺と一緒でなくて大丈夫なんだな?」

桐梧は最後の最後まで心配してくれたが、葵はきっぱりと頷いた。

「堂々としていれば、きっと誰も面と向かっては何も言ってこないと思うから」

前はそうではなかったことを思い出しながら、葵は断固とした口調で言いきる。

もう迷いはいっさいない。

「そうか。じゃあ後でまたここに来い。一時間でいいか?」

「遅れないようにする」

葵の返事に桐梧は小気味よさげに鼻を鳴らした。

「おまえは強いな、葵。本当に驚かされるぞ」

「そ、そうでも、……ないけれど」

まともに褒められたのは初めてのことで、葵はしどろもどろになる。

「おまえが好きだ。愛してる」

あまりに唐突な告白をこんな場所でされて、葵は真っ赤になって固まってしまう。当の本人は言うなりさっさと踵を返してその場を離れていく。

言い逃げだ。なんて狡い男!

しかし、じわじわと込み上げてくる嬉しさが、どうしても葵の顔を微笑ませる。

葵も会いたい人を探して歩きだした。

自分から進んで会いたいのは兄夫婦だけなのだが、もしまた級友の誰かと出くわすなら、もちろん近況でも聞きたいと思う。

顔を上げてピンと背筋を伸ばし、まっすぐに前を見て歩く葵に気づいた華族たちは、一瞬眉を顰めて嫌な顔をしそうになったものの、なんだか前とは雰囲気が違うと思ってか、自然と眉間の皺《しわ》を解く。その様は葵の目の隅にも入ってきた。

「葵さん」

ドレスを着たご婦人に呼び止められる。

母の知り合いの篠宮《しのみや》伯爵夫人だ。

「お久しぶりねぇ。お元気にしてらした？」

「はい、おかげさまで」

以前桐梧と待ち合わせていた木陰にいた中の一人だ。あのときは引け目を感じて卑屈になっており、顔を合わせるのがいやで逃げてしまった。今度は伯爵夫人のほうから気づいてくれ、昔と少しも変わらない感じのいい笑顔を向けられる。つくづく前に避けたことを後悔した。

「先日お母さまからお手紙が届きましたのよ。今巴里《パリ》にいらっしゃるとかで」

「そうですか。来月一度帰国するという話は兄から聞いているのですが」

「そうそう、今後お兄さまが家督を継がれて高塔伯爵家を切り盛りされるそうね。いろいろと大変だったようだけれど、無事に収まるところに収まって、本当によろしかったこと」

「ありがとうございます」

葵は人のよさそうな伯爵夫人に心からお礼を述べて頭を下げる。こうして無視せずに話しかけてくれたこと自体、まず感謝しなければならないのだ。これから兄夫婦が中心になって家を守り続けていくためには、周囲の理解と協力、なによりも社交界で対等に相手にしてもらうことが必要だった。篠宮伯爵夫人のような人が一人でもいてくれれば、ずいぶんと周囲の態度も変わるだろう。

「葵さんも、とてもお幸せそうで安心したわ」

お顔の色がとても綺麗、と言って伯爵夫人は少女のように笑う。

今度はちょっと恥ずかしさが先に立ち、うまくお礼が言えなかった。

伯爵夫人と別れてから、更に数人の知り合いと出会った。ある人は目を伏せてこそこそと通り過ぎ、ある人ははにかみながらも「こんにちは」と挨拶してくれる。前とはまるで違っているように感じるのは、葵自身がすっぱりと割り切り、ある意味開き直ったからというのもあるのだろうが、彼ら自身も元を正せばそれほど不人情なわけではないからだ。その場の乗りや雰囲気で人の態度はこうも変わるのだな、と勉強させられた気持ちになった。

「高塔の次男だね？」

白い顎髭《あごひげ》を長く伸ばした老人が葵を見て立ち止まる。

財界の大物、富永《とみなが》侯爵家のご隠居だ。

一度桐梧を訪ねてきて、応接間で話しているところを見かけたことがあった。しかし先方が葵を知っていたとは意外である。

さすがに緊張して「はい」と答えると、ご隠居はいまだに炯眼《けいがん》衰えぬといった感じの鋭い視線で葵を見つめ、やもして満足げに目尻を下げた。

「桐梧の会社を手伝って働いているそうだが、あの馬車馬みたいに精力的な男に昼も夜も付き合っていたら体を壊す。辛くなったらすぐ桐梧に言うことだ」

「は、はい……」

昼も夜も付き合う、という言葉にべつに深い意味はないのかもしれないが、思いきり身に覚えのある葵は狼狽えてしまう。

「引き止めて悪かったな」

「いいえ、とんでもありません」

「わがままで横暴なところもある男だが、放蕩息子のつくった子にしては、なかなか見所のある優秀な男だ。これからも傍にいてやってもらえると嬉しい」

ああ、と葵はやっとご隠居が自分を呼び止めた理由に気がついた。

桐梧の生い立ちはちらりとだけ聞いている。桐梧の母を弄んだどこかの貴族、というのは、現富永侯爵のことだったらしい。ご隠居は桐梧の祖父になるのだ。

ご隠居と桐梧が話をしていたということは、桐梧の中の父親への確執も少しはなくなったのかもしれない。葵は話を聞いたときから桐梧にも楽になって欲しいと感じていたので、もしそうなら自分のことのように嬉しかった。

庭に何十本と立ち並んでいる桜は、ほとんど満開だ。

微風も柔らかく頬を掠めていく。

「葵」

神代と山科が揃って声をかけてきた。

どちらもひどく気まずげで、声をかけたものの相手を先に喋らせようと譲り合っている。なんだか滑稽で、葵は思わず笑ってしまいそうになった。

「桜、綺麗だね」

えっ、と二人が同時に葵を見る。

葵もしっかりと二人を正面から見つめ、

「少し歩きながら話そうか」

と誘った。

二人を従えて歩きだしたとき、斜め前方から実業家ふうの紳士と談笑しつつこちらに向かってくる桐梧の姿が目に入る。

きゅんと胸が疼いて体温が上昇した。

POSTSCRIPT

HARUHI TONO

　これがＳＨＹノベルズ三冊目となります遠野春日です。皆さまこんにちは。また貴族シリーズでお目にかかれて嬉しいです。

　最初の本が国籍や時代を曖昧にした架空設定の貴族もの、二冊目が香港を舞台にした中華貴族の末裔の話、と書いてきましたが、この三冊目では明治時代の華族を主人公にしています。

　毎度毎度素敵なイラストをつけていただいておりますが、今回は門地かおり先生に描いていただきました。今はラフを見てあれこれ想像しつつ、早く本ができあがらないかなとウズウズしています。

　門地先生、お忙しい中本当にありがとうございました。

HARUHI`s Secret Liblary URL　http://www5a.biglobe.ne.jp/~haruhi/
HARUHI`s Secret Liblary：遠野春日公式サイト

わたしは時代物が苦手でほとんど書かないのですが、本作の少し前に（他社さんで恐縮ですけど）やはり大正時代の話を書いていたので、その時に比べると幾分慣れてはいたようです。それでも執筆に結構時間がかかり、担当さまをずいぶんとドキドキさせたような気もします……。途中なかなか筆が進まないところもあって悩みましたが、こうしてどうにか上梓でき、嬉しさもひとしおです。後は読者の皆さまに少しでも面白かったと思っていただければいいな、と願っています。

さてさて。この本が書店に並ぶ頃には今年もあと少しになっていますね。前にもどこかで書いた気がしますが、一年過ぎるのはやっぱり早いです。特に今は、次の締め切りまで後何日しかない〜〜と考えながら過ごしているせいか、無情なほどに時間が早く過ぎる気がするんですよ。むむー。

　やりたいことは後回しにせず、どんどんやっていかないと、気づいた時にはおばあちゃんだった、ということにもなりかねません。まぁ、わたしは九月に長らくの夢だった南の島に行くことができたので、今年はもうそれでいいかなぁという感じです。年末までみっちりと仕事します。

　担当さまには、今後もいろいろとご迷惑をおかけするかと思いますが、懲りずによろしくお願いします。

　ここまで読んでいただき、ありがとうございました。

遠野春日拝

SHY NOVELS

華は貴族に手折られる

SHY NOVELS75

遠野春日 著

HARUHI TONO

ファンレターの宛先

〒102-0073 東京都千代田区九段北4-3-10トリビル2F
大洋図書市ヶ谷編集局第二編集局SHY NOVELS
「遠野春日先生」「門地かおり先生」係

皆様のお便りをお待ちしております。

初版第一刷2002年11月8日

発行者	山田章博
発行所	株式会社大洋図書
	〒162-8614 東京都新宿区天神町66-14-2大洋ビル
	電話03-5228-2881(代表)
	〒102-0073 東京都千代田区九段北4-3-10トリビル2F
	電話03-3556-1352(編集)
イラスト	門地かおり
編集	宇都宮ようこ
デザイン	K.IZUMI(PLUMAGE)
カラー印刷	小宮山印刷株式会社
本文印刷	三共グラフィック株式会社
製本	有限会社野々山製本所

乱丁・落丁はお取り替えいたします。
無断転載・放送・放映は法律で認められた場合をのぞき、著作権の侵害となります。

©遠野春日 大洋図書 2002 Printed in Japan

ISBN4-8130-0077-0

SHY NOVELS
好評発売中

香港貴族に愛されて

遠野春日

画・高橋悠

裏切ったわけではなく、期限付きの恋だったのだ－世界の美術品を見る旅の経由地として香港を訪れた真己は、そこでかつての恋人であるアレックスと再会する。あの頃、真己にとってはアレックスがすべてだった。だが、アレックスには婚約者がいたのだ！アレックスにとって自分がただの遊び相手だと知ったとき、真己は黙ったままアレックスの前から姿を消した。あれから数年、いっそう魅力を増したアレックスに真己の心は揺れた。一方、アレックスは固く心に決めていた。今度こそ、逃がさない、と！

好評既刊　恋愛は貴族のたしなみ　画・夢花李